"Jamais je ne m̲e̲ ̲r̲e̲m̲a̲r̲i̲e̲r̲a̲i̲," déclara Vicki.

"Pourquoi pas?" lança Guy.

"Mon mariage n'a pas été une réussite. Je ne veux pas commettre la même erreur."

"Avec moi ce serait différent."

"Je n'ai aucun moyen de le savoir. Tout ceci, ne nous mène nulle part. Par pitié, laissez-moi."

"A mon tour de dire non." Il l'attira vers lui. Une sensation de plaisir la parcourut tout entière et soudain elle s'abandonna entre ses bras.

Guy s'écarta triomphant. "Je peux faire de vous ce qu'il me plaira. Inutile de lutter. Vous êtes destinée à être ma femme et vous le serez."

NOUVEAU!

Pour fêter le retour du printemps, la collection Harlequin Romantique se pare d'une nouvelle couverture . . . plus belle, plus tendre, plus romantique!

Ne manquez pas les six nouveaux titres de la collection Harlequin Romantique!

JAMAIS PLUS DE SECRETS

Sandra Field

Collection Harlequin

PARIS • MONTREAL • NEW YORK • TORONTO

Publié en avril 1983

©1982 Harlequin S.A. Traduit de *The Storms of Spring*,
©1981 Sandra Field. Tous droits réservés. Sauf pour
des citations dans une critique, il est interdit de
reproduire ou d'utiliser cet ouvrage sous quelque forme
que ce soit, par des moyens mécaniques, électroniques
ou autres, connus présentement ou qui seraient inventés
à l'avenir, y compris la xérographie, la photocopie et
l'enregistrement, de même que les systèmes d'informatique,
sans la permission écrite de l'éditeur, Editions Harlequin,
225 Duncan Mill Road, Don Mills, Canada M3B 3K9.

ISBN 0-373-49322-3

Dépôt légal 2ᵉ trimestre 1983
Bibliothèque nationale du Québec et Bibliothèque nationale
du Canada.

Imprimé au Canada—Printed in Canada

1

La tourmente avait déjà commencé quand Vicki alla regarder à la porte d'entrée. On était en avril, et l'hiver aurait dû être achevé, mais tout était encore recouvert d'une couche de givre : l'appentis, la corde à linge, les arbres. Le vent s'était levé, et les branches s'entrechoquaient en faisant pleuvoir de minuscules stalactites. Le ciel plombé était d'un blanc grisâtre, annonciateur de neige, et la jeune femme fut saisie d'appréhension : elle allait peut-être se trouver isolée durant deux ou trois jours.

Mais n'était-ce pas précisément ce qu'elle souhaitait ? La solitude, la paix, le silence. Alors, de quoi se plaignait-elle ? Pourquoi avait-elle un sombre pressentiment ? Elle se laissait stupidement emporter par sa folle imagination.

Pourtant, elle aurait souhaité voir arriver la silhouette trapue de Nils. Mais le paysage gelé demeurait vide de tout autre être humain, et la plainte mélancolique d'une mouette ajoutait encore à son impression de solitude. Elle rentra et tenta de travailler à son livre, mais les mots ne venaient pas. Elle prit son carnet de croquis, mais le crayon refusa de bouger. Finalement, elle décida de faire le ménage et prit seulement le temps de mettre un ragoût sur le feu.

Vers cinq heures, en allant secouer les tapis sur le seuil, elle fut horrifiée de se trouver devant un océan de blancheur. Elle ne voyait plus la route, à travers les tourbillons de neige, et l'allée avait disparu sous un tapis immaculé. Déjà, des congères s'accumulaient contre les murs de la maison. Le vent hurlait comme une créature torturée.

Vicki avait plus ou moins envisagé de se rendre chez Nils, mais ce serait folie de s'aventurer dehors par un temps pareil. Elle devrait rester là jusqu'à la fin de la tourmente.

Elle allait rentrer quand le vent marqua une accalmie, et, momentanément, sa vision s'éclaircit. Une tache sombre se mouvait en bas, près de la route. Elle plissa les paupières pour mieux voir, mais l'ouragan reprit force à nouveau, et elle n'aperçut plus rien.

Serrant contre elle les tapis pour se réchauffer, elle attendit. La neige tourbillonnait en une danse frénétique. Elle avait dû rêver, se dit-elle. Lentement, elle referma la porte derrière elle. Elle se lava les mains, ajouta des légumes au ragoût : pendant qu'ils cuiraient, elle prendrait une tasse de thé. Mais, comme attirée par un aimant, elle se retrouva devant la fenêtre. Le souvenir lui revenait de ce mouvement presque imperceptible, de cette tache sombre au bord du chemin. Elle ne s'était pas trompée, elle le savait maintenant. Quelque chose — ou quelqu'un — se trouvait là-bas, en pleine tempête, blessé, peut-être, ou perdu. Et c'était à elle d'y porter remède.

Sa décision prise, elle alluma la lampe à pétrole et la plaça devant la fenêtre : elle guiderait son retour. Elle prit une torche électrique, laça ses bottes et enfila son manteau. Elle enfonça enfin une paire de gants de laine dans sa poche. Elle était prête.

Dès qu'elle quitta l'abri du porche, le vent l'attaqua brutalement, la fit chanceler. Un instant, le cœur lui manqua : elle était folle de se lancer dans une telle entreprise. Elle battit précipitamment en retraite et, une fois rentrée, s'immobilisa pour réfléchir. Soudain, son regard s'éclaira. Elle alla chercher dans la cuisine un rouleau de fine et solide cordelette de nylon. Elle en accrocha une extrémité à un poteau du porche : elle la déroulerait en marchant et serait sûre, ainsi, de retourner sans encombre. Elle n'avait aucune envie de s'égarer dans la tourmente et d'y trouver la mort. Une pensée lui vint : même aux pires jours de son mariage avec Barry, ou plus tard, quand elle s'était retrouvée seule, elle n'avait jamais songé au suicide. Et tout allait mieux, maintenant, se dit-elle courageusement...

Le trajet jusqu'à la route lui parut durer une éternité. La tempête lui engourdissait tous les sens : elle n'y voyait pas à plus d'un mètre, elle entendait seulement le bruissement des flocons. Parfois, elle plongeait jusqu'aux genoux dans la neige ; d'autres fois, le vent avait balayé le sol, et elle glissait sur la glace, évitait la chute de justesse. Mais, tout en priant pour aller dans la bonne direction, elle continuait péniblement. Quand elle roula dans le fossé, elle sut qu'elle avait atteint la route. Elle se releva, se brossa et regarda autour d'elle.

— Ohé ! cria-t-elle. Y a-t-il quelqu'un ?

Le vent s'empara de sa voix et l'emporta vers le ciel. Elle alluma sa torche ; le faisceau lumineux était réconfortant dans un univers en folie. Les derniers anneaux de cordelette bien serrés dans la main, elle entreprit d'explorer méthodiquement le fossé. Personne... rien. La fatigue commençait à l'accabler. Chaque fois qu'elle tombait, elle avait un peu plus de mal à se relever, et son souffle brûlait sa gorge. Elle devait conserver assez de forces pour regagner la maison...

Il faisait à présent presque nuit noire. La solitude devenait intolérable. Elle était seule parmi les mouvants fantômes de la neige qui criaient avec la voix du vent. Elle dut lutter contre la terreur qui s'emparait d'elle. Tremblante, elle n'avait plus qu'un désir : retrouver la chaleur, la lumière, tout ce qui faisait la rassurante réalité. A grand-peine, elle sortit du fossé. Elle avait fait tout son possible. Peut-être, après tout, s'était-elle trompée... elle avait aperçu un arbre... ou un animal.

Par la suite, elle ne sut jamais ce qui l'avait empêchée de revenir sur ses pas le plus vite possible. Un son léger, apporté par le vent ? Un instinct, qui lui disait qu'elle n'était pas seule ? Elle tourna la tête vers la gauche, où un bouquet d'arbres se dressait au bord de la route. Elle n'y était pas allée voir. Ne serait-ce pas un refuge tout indiqué ? Elle se mit en marche.

Son pied heurta un obstacle invisible et elle s'étala de tout son long. Etait-ce une pierre, une souche ? Mais non : ce n'était pas dur... et cela remuait. Des deux mains, elle s'évertua à écarter la neige. Une veste brune, le capuchon relevé. Un petit visage blême, des cils noirs abaissés sur des joues cireuses, une chevelure trempée, en désordre. Elle l'avait trouvé... mais était-il vivant ?

Elle retourna sur le dos le petit corps inerte, pour diriger sur sa figure le faisceau lumineux de sa torche. Le front de l'enfant portait une vilaine meurtrissure, et une joue était éraflée. Vicki, à son grand soulagement, vit les paupières s'ouvrir sur des yeux gris éblouis. Elle détourna vivement la torche.

— Tout va bien, dit-elle.

Il ne parut pas l'entendre. Ses yeux se refermèrent, sa tête retomba sur le bras de la jeune femme. Effrayée, elle se pencha sur lui et sentit sur sa joue le souffle lent de sa respiration. Elle secoua le petit garçon, mais il avait de nouveau sombré dans l'inconscience. Ses mains nues étaient glacées ; sa veste et son jean étaient trempés. Elle allait devoir faire vite...

Si l'aller lui avait semblé interminable, le retour fut un véritable cauchemar. L'enfant était tout jeune, six ou sept ans peut-être, mais, dans ses bras, il pesait très lourd, et, par deux fois, elle tomba à terre et se fit mal en essayant de le protéger. Ses membres étaient de plomb. A chaque pas, une douleur aiguë lui traversait la poitrine. A un certain moment, elle lâcha la précieuse cordelette et dut la chercher à tâtons. Enfin, elle aperçut dans l'obscurité une faible lueur : là, la lampe allumée, derrière la fenêtre. Jamais elle n'avait rien vu de plus beau et elle pleurait presque de soulagement quand elle poussa la porte de derrière.

Mais il n'était pas question pour elle de se reposer. Elle allongea l'enfant sur la chaise longue placée dans la cuisine, le déshabilla, le frictionna et lui passa un vieux pyjama de flanelle. Elle plaça une bouillotte à ses pieds, le couvrit chaudement, remit du bois dans le poêle. Enfin, elle put elle-même se changer.

Le garçonnet s'agitait maintenant sous les couvertures amoncelées. Il gémit, murmura quelques mots. Elle se pencha pour mieux entendre et remarqua ses joues empourprées par la fièvre.

— Papa... Papa!... Il faut dire à papa où je suis! s'écria-t-il en ouvrant tout grands les yeux.

— Mais oui, fit-elle d'un ton apaisant. Comment t'appelles-tu ?

— Stephen Travis, murmura-t-il. Mon père s'appelle Guy. Nous habitons à Seal Cove, au nord de la montagne.

— Mais c'est à près de deux cents kilomètres ! Que fais-tu par ici ?

Les yeux gris se voilèrent, la lèvre inférieure trembla.

— C'est mon oncle... il m'a emmené. Il faut le dire à mon papa, supplia-t-il en pleurant.

Vicki le prit contre elle, et, peu à peu, les sanglots s'apaisèrent. Il s'était endormi. Pourtant, malgré sa position inconfortable, elle ne le lâcha pas tout de suite. Le contact du petit corps frêle abandonné entre ses bras l'émouvait profondément. Elle avait tant désiré avoir des enfants... mais Barry s'y était catégoriquement refusé, et, en fin de compte, cela valait mieux ainsi. Mais ce petit garçon inconnu avait été catapulté dans sa vie, et sa présence l'amenait à prendre conscience de la futilité de toutes ses espérances.

Vicki demeura un moment près du petit Stephen ; elle réfléchissait à ce qu'il lui avait dit. Le nom de Guy Travis lui était inconnu. Mais il ne savait sans doute pas où se trouvait son fils et, par une pareille tourmente, il devait être fou d'inquiétude ; elle n'y pouvait rien : le téléphone le plus proche était à sept kilomètres. Elle se demanda ce qu'avait voulu dire Stephen en parlant de son oncle. L'enfant n'avait tout de même pas été enlevé : cela paraissait par trop improbable. Il devait y avoir un malentendu... Mais alors, pourquoi avait-il erré en pleine nuit, le front meurtri, et si loin de chez lui ? Et où était l'oncle ?

Elle ne connaîtrait pas les réponses avant le lendemain.

Elle mangea un peu, regarnit la chaudière et se fit un lit dans la salle de séjour. C'était agréable, songea-t-elle, juste avant de s'endormir, de sentir une autre présence dans la maison, par une telle tempête...

A plusieurs reprises, au cours de la nuit, la voix de Stephen l'éveilla. Elle dormit donc plus tard qu'à l'accoutumée. Quand elle ouvrit les yeux, l'enfant, tout habillé, se tenait près de son lit et la contemplait gravement.

— Qui êtes-vous ? demanda-t-il. Et comment suis-je arrivé ici ?

Les yeux gris, cernés, étaient méfiants.

— Je m'appelle Vicki Peters, fit-elle. Hier, dans la tourmente, je t'ai aperçu près de la route et je t'ai ramené à la maison. Mais j'ignore d'où tu venais.

— L'homme a dit qu'il était mon oncle Harold et qu'il allait me reconduire chez moi... J'attendais le car scolaire, vous comprenez. Mais il est parti dans la mauvaise direction et, quand je le lui ai fait remarquer, il m'a commandé de me taire... Il roulait trop vite pour que je saute de la voiture, poursuivit-il d'une voix tremblante. Et puis, il s'est mis à neiger ; il roulait toujours très vite, et il y a eu un accident, je crois.

— Je vois, fit Vicki, d'un ton volontairement apaisant. Est-ce ainsi que tu t'es cogné la tête ?

— Oui, peut-être, fit-il en portant la main à son front. Je ne me rappelle plus. J'ai marché le long de la route pour essayer de trouver quelqu'un. Il neigeait très fort, et je n'y voyais plus rien. J'étais perdu...

— Tu as très bien fait, reprit-elle calmement : tu es arrivé jusqu'au bout de mon jardin, et je t'ai aperçu... Ton papa ne sait donc pas où tu es ?

— Non. Il va être très inquiet.

Il n'avait pas parlé de sa mère, et elle ne lui posa pas de questions. Elle enfila sa robe de chambre.

— Que se passe-t-il dehors, Stephen ?

— Il neige toujours beaucoup.

Elle regarda par la fenêtre. Tout était blanc. Les flocons tombaient avec une obstination silencieuse et cela pourrait bien durer des heures. Elle se retourna vers l'enfant, remarqua la tension des étroites épaules, l'expression d'anxiété presque adulte.

— Quel âge as-tu ?

— Six ans et demi.

Elle devait se montrer franche avec lui.

— Stephen, nous ne pourrons pas joindre ton père avant que la tempête ait cessé.

— Mais il le faut !

— Ecoute-moi : même si le téléphone fonctionne encore, l'appareil le plus proche est à sept kilomètres d'ici. Les chasse-neige ne sont pas encore passés...

Elle le vit réfléchir. Il fit seulement « Oh ! » mais il avait l'air désespéré, et elle chercha à le réconforter.

— Ce que nous avons de mieux à faire, c'est de rester ici, au chaud. Ainsi, tu seras en forme quand ton père arrivera. Il ne nous trouverait pas bien malins si nous sortions par ce temps.

— C'est exactement ce qu'il dirait !

Devant sa grimace dégoûtée, elle ne put s'empêcher de rire. Il en fit autant, et ce rire partagé créa entre eux un premier lien. Vicki reprit :

— Allons allumer le feu dans la cuisine. Nous prendrons le petit déjeuner, et tu pourras ensuite venir avec moi dénicher les œufs.

Elle parvint à l'occuper toute la matinée mais, après le déjeuner, elle le trouva devant la fenêtre : il regardait la neige tomber sans relâche. Ils étaient déjà bons amis, et lui demanda :

— Vicki, à ton avis, qu'est devenu l'oncle Harold ?

— Je l'ignore. A un kilomètre ou deux d'ici, j'ai un ami, un pêcheur nommé Nils. Ton oncle est peut être arrivé jusque chez lui.

— Je voudrais me rappeler... Il a dû y avoir un accident. Il était peut-être blessé, termina-t-il en frissonnant.

— Sais-tu pourquoi il a voulu t'emmener ?

— Il déteste mon papa, je crois. A cause de maman, tu comprends. Ce doit être pour ça.

Cette explication n'éclairait pas davantage la jeune femme. Elle se contenta de lui conseiller :

— Il ne sert à rien de s'inquiéter, Stephen.

— Que fera-t-on, s'il vient ici ? lâcha-t-il.

— Qui ? Ton oncle ? Cela me paraît peu probable.

— S'il le peut, il le fera. Il m'a dit qu'il s'arrangerait pour que mon père ne me revoie jamais.

— Oh, Stephen…

Elle s'accroupit pour se mettre au niveau de l'enfant.

— Si ton oncle nous trouve, je ne le laisserai pas t'emmener, je te le promets.

— Comment l'empêcheras-tu ?

— Je… je le menacerai d'une hache, déclara-t-elle, avec un effort pour être convaincante.

— Alors, sortons-la, pour être prêts, fit Stephen.

Un peu horrifiée de se voir prise au mot, Vicki le suivit sous le porche.

— Il y a aussi une hachette, constata-t-il avec une évidente satisfaction. Et ça, c'est quoi ?

— Un maillet.

— Ça devrait suffire.

Il alla disposer les outils dans la cuisine, avant de questionner plus prosaïquement :

— Que mangerons-nous pour dîner ? Et tu as dit que tu m'apprendrais à jouer aux échecs.

Au crépuscule, la tourmente de neige parut perdre de sa violence : pour la première fois depuis deux jours, Vicki distinguait les contours des arbres, au bord de la route. Les chasse-neige allaient certainement dégager la chaussée durant la nuit. Le lendemain, ils pourraient aller téléphoner. Elle se demanda une fois de plus quel genre d'homme était Guy Travis. Il semblait exister un lien étroit entre le père et le fils — un lien qu'elle leur enviait. Tout en contemplant le paysage désolé, elle s'avoua que Stephen allait lui manquer, après son départ. Avec un frisson, elle ferma vivement les rideaux.

Ce soir-là, ils firent une autre partie d'échecs sur la table de la cuisine. Le feu murmurait et crépitait joyeusement, le poste de radio retransmettait un récital

Chopin. Stephen était doué pour les échecs, et Vicki devait se concentrer sur chaque mouvement. Absorbés par le jeu, ni l'un ni l'autre ne pressentaient qu'ils allaient être bientôt interrompus.

2

Dehors, la neige avait pratiquement cessé. Très haut dans le ciel, des étoiles scintillaient, froides et lointaines. Un croissant de lune répandait une pâle lumière sur les eaux sombres de l'océan et jetait sur la neige des ombres étranges.

Venant du nord apparut la silhouette d'un homme. Il suivait la route, dans la neige qui lui arrivait aux genoux, et ses mouvements étaient lents, laborieux, comme sous l'effet d'une extrême lassitude. Il dut apercevoir le halo de la lampe qui éclairait la fenêtre de la vieille ferme. Il marqua une pause, les yeux rivés dans cette direction avec une intensité désespérée. Enfin, il se dirigea vers elle à travers les congères, comme saisi d'une énergie nouvelle.

Vicki et Stephen connurent son approche quand un coup violent fut frappé à la porte de derrière. L'enfant sursauta. Soudain très pâle, il murmura :

— C'est mon oncle, tu crois ?

Sa peur s'était communiquée à la jeune femme. Qui d'autre pouvait venir ? Nils avait sa façon à lui de frapper... Elle souffla tout bas :

— Passe dans la salle de séjour, Stephen... emporte l'échiquier. Si c'est ton oncle, tu te cacheras dans le placard. Ne sors pas avant que je t'appelle. Compris ?

Il répondit d'un signe et sortit à pas de loup. Vicki, dont le cœur battait à se rompre, saisit la hachette et s'approcha de la porte. On frappa de nouveau, avec plus d'insistance. Elle reprit son souffle, ouvrit le battant. La lumière inonda le porche. D'abord aveuglé, l'homme plissa les paupières.

— Qu'avez-vous l'intention de faire avec ça ?

Il tendit la main, lui ôta sans peine la hachette.

— Je ne vous conseille pas de vous en servir.

Dans un vertige de soulagement, elle se laissa aller contre le chambranle. Le visage qui la dominait ressemblait d'une manière frappante à celui de Stephen : l'inconnu ne pouvait être que le père de l'enfant. Elle entendit des pas approcher en courant ; un petit corps se précipita sur l'homme.

— Papa... oh, papa ! cria Stephen en se blotissant contre le visiteur.

Celui-ci referma vigoureusement ses bras sur lui. Vicki vit se rapprocher les deux têtes brunes, elle entendit la voix grave, brisée :

— Stephen ! Dieu soit loué... je t'ai cru mort !

Vicki se faisait l'effet d'une intruse. Les yeux pleins de larmes, elle se détourna. Elle passa dans la salle de séjour, ramassa les pièces du jeu d'échecs et les compta machinalement avant de les ranger dans la boîte.

— Vicki, où es-tu ? appela Stephen.

Elle revint sur le seuil, dans le cercle de lumière jeté par la lampe de la cuisine. L'homme détaillait intensément la mince silhouette en jean et gros pull-over, l'abondante chevelure noire et brillante autour du petit visage ovale, les yeux noisette sous les sourcils délicatement arqués. Elle ne portait pas le moindre maquillage. La bouche tendrement modelée qui aurait dû être sensuelle avait un pli d'incertitude ; les yeux exprimaient une incalculable tristesse ; son calme, sa maîtrise d'elle-même étaient insolites chez un être aussi jeune.

Vicki, elle, voyait le père et le fils côte à côte, le bras de l'homme autour des épaules de Stephen. Elle avait été frappée par leur ressemblance ; elle remarquait à présent des différences. Chez le visiteur, les cheveux noirs étaient striés d'argent ; le regard gris était moins confiant ; les traits étaient plus durs : un menton volontaire, envahi par une barbe naissante ; un nez arrogant, des pommettes saillantes, des yeux profondément enfoncés dans les orbites, et cernés. Sans posséder une véritable beauté, il était l'homme le plus impressionnant qu'elle eût jamais vu.

Stephen rompit un silence qui se prolongeait.

— C'est Vicki, papa.

— La dame à la hachette, murmura l'homme.

Elle rougit : pour elle, cela n'avait rien d'amusant.

— Je m'appelle Vicki Peters, fit-elle. Bonjour.

— Guy Travis, Miss Peters.

— *Madame* Peters.

— Tu ne m'as pas dit que tu étais mariée ! s'écria Stephen. Où il est, ton mari ?

— Il est... absent.

— Vous ne portez pas d'alliance, interrompit Guy Travis.

Il parlait d'un ton égal, les yeux gris acier n'exprimaient aucune émotion. Pourtant, elle le sentit, il était soudain furieux. Elle répliqua :

— Vous non plus.

— La mère de Stephen est morte.

— Oh... je vous demande pardon.

— Eh bien, madame Peters, je vous dois une profonde reconnaissance, fit-il en tendant la main.

Sans prendre cette main, elle protesta :

— N'importe qui en aurait fait autant.

La colère, cette fois, était visible.

— Chez moi, on trouve poli de se serrer la main...

Il avait le don de la mettre dans son tort. A regret, elle s'exécuta. Les longs doigts bien modelés se refermèrent sur les siens. Les paumes étaient dures, calleuses. Celles de Barry avaient été douces... Barry... Avec un frisson, elle arracha sa main, la frotta violemment contre son jean.

— Qu'y a-t-il ? s'enquit Guy Travis en la dévisageant.

— Rien.

— Ne me mentez pas.

— Vous avez les doigts froids, c'est tout.

— Je ne vous crois pas. Mais peu importe pour l'instant.

— C'est vrai, papa : tu as les mains froides, intervint Stephen qui essayait de suivre leur conversation.

— Oui, tu dois avoir raison, fit l'homme, soudain radouci.

Il passa une main sur son visage, et Vicki le vit chanceler. Elle tira une chaise.

— Asseyez-vous avant de vous effondrer. Quand avez-vous mangé pour la dernière fois ?

Il lui obéit, penché en avant, tête basse.

— Ce matin, je pense. Ou peut-être hier soir.

— Je vais vous préparer quelque chose. Stephen, veux-tu remettre du bois dans le poêle ?

Elle eut vite fait de poser un repas sur la table : bœuf miroton, accompagné de grosses tranches de pain de campagne, et gâteau au chocolat, confectionné à l'intention de Stephen. Elle n'eut aucune peine à persuader le petit garçon d'en reprendre une tranche, avec un verre de lait, et ne put s'empêcher de sourire de son appétit.

Guy Travis ne l'avait pas encore vue sourire ; elle en était métamorphosée. Mais, en lui passant le pain, elle reprit sa gravité, se retira derrière un masque poli. Il ne dit rien, mais ses yeux la suivaient sans cesse.

Vicki s'en rendait compte et s'en effrayait. L'arrivée de Stephen avait déjà troublé la paix de son existence ; son père, si elle le laissait faire, pourrait la bouleverser plus encore. Il beurrait une tranche de pain, en parlant à son fils, et elle l'observa à la dérobée. Il pouvait être dangereux pour elle, avec cette étonnante séduction alliée à une redoutable intelligence. Et il possédait aussi, se dit-elle en toute franchise, une virilité, une sensualité qui faisaient partie intégrante de sa personnalité, comme ses mouvements aisés, sa fière allure. Oui, il représentait un danger...

Il avait fini de manger.

— Merci, madame Peters...

Elle détestait ce nom, malgré la protection qu'il donnait.

— Appelez-moi Vicki, voulez-vous ? demanda-t-elle.

— Très bien... Vous êtes une bonne cuisinière, Vicki. Je commence à reprendre goût à la vie. Et maintenant, mon garçon, au lit, ordonna-t-il à Stephen dont les yeux se fermaient. Où va-t-il dormir, Vicki ?

18

— J'ai fermé l'étage pour l'hiver. Vous pourriez peut-être prendre tous les deux mon lit. Je resterai ici, sur la chaise longue.

Elle éprouvait une certaine répugnance à faire coucher l'étranger dans son propre lit, mais il était trop grand pour la chaise longue, et elle voulait entretenir les feux. Après tout, c'était seulement pour une nuit...

Guy prit l'enfant dans ses bras et la suivit jusqu'à la chambre. D'un seul regard, il vit les murs blancs, les rideaux et le dessus de lit d'un bleu uni, le plancher de pin ciré, lisse et froid. Pas de tableaux, pas de bibelots pour exprimer la personnalité de l'occupante.

— Pas de photo de votre mari ? murmura-t-il, tout en déchaussant le petit garçon.

— Non. Devrais-je en avoir une ?

— Ce serait un peu plus normal, à mon avis. On se croirait dans une cellule de religieuse.

La pénombre de la pièce la contraignit à la franchise.

— Il est trop tard pour cela, fit-elle amèrement.

Occupé à déshabiller Stephen, il lui tournait le dos, et elle ne vit pas son regard, soudain plus attentif. L'enfant jeta les bras autour du cou de son père.

— Bonsoir, papa.

— Bonsoir, fils, répondit-il, la voix chavirée d'une tendresse qu'il ne cherchait pas à cacher.

— Bonsoir, Vicki.

— Dors bien, Stephen, fit-elle sans émotion apparente.

— J'allais te battre aux échecs, n'est-ce pas ? fit-il d'une voix ensommeillée qui la fit involontairement sourire.

— Allons donc !

— Oh, mais si. On jouera encore demain ?

— D'accord, répondit-elle se sentant tout à coup très triste.

Demain, il serait parti...

Guy revint avec elle dans la cuisine. Trop consciente de sa présence, elle s'affaira devant l'évier.

— Votre mari vous manque-t-il, quand il est absent ? Mais cela lui arrive peut-être rarement ?

Un couteau lui échappa des mains et Vicki s'immobilisa. Elle avait inventé ce mensonge et elle devait maintenant s'y tenir.

— Oui, bien sûr, il me manque...

— Tournez-vous. J'ai horreur de m'adresser à un dos.

Lentement, elle s'exécuta, appuyée à la surface de travail. Elle croisa le regard de l'homme, et le monde se réduisit à une paire d'yeux gris comme l'océan, dans lesquels elle pourrait se noyer.

— Pourquoi mon mari vous intéresse-t-il tant ?

Il répondit à sa question par une autre.

— Comment est-il ? Montrez-moi une photo.

— Je n'en ai pas.

— J'ai peine à le croire.

— Que vous le croyiez ou non, je m'en moque ! Je porte son image en moi... jour et nuit, ajouta-t-elle d'une voix rauque. Que ferais-je d'une photo ?

Il y eut un silence. Elle l'avait vu tressaillir à ses paroles. Il avait pâli, et son regard était tourmenté. Elle ne comprenait pas. Il se leva, s'approcha d'elle, et elle sentit sa gorge se serrer.

Les yeux gris s'attardèrent sur les longues jambes, la poitrine pleine, les cheveux soyeux, le visage fragile.

— Votre mari a bien de la chance... Le sait-il ?

— Pourquoi donc ?

— Cela paraît évident, je pense. Vous êtes la femme la plus belle que j'aie jamais vue.

Il n'aurait pu rien trouver de plus cruel.

— Non ! cria-t-elle, affolée.

— A quoi dites-vous non, Vicki ?

— Taisez-vous ! Ce n'est pas vrai, et vous le savez !

Il s'était figé sur place.

— Je n'ai rien dit qui ne soit la pure vérité. Vous êtes très belle.

— Assez ! Je vous en prie, cessez...

Il fit un visible effort pour se maîtriser.

— Bien. Répondez seulement à une question, Vicki... Qui a si bien réussi à vous convaincre que vous étiez laide ?

— Barry, bien sûr, s'exclama-t-elle sans songer à mentir.

— Qui est Barry ?

— Mon... mon mari.

— Est-il donc aveugle ?

Elle le dévisagea en silence. Il ne cherchait pas à se moquer d'elle, à la tourmenter. Il la trouvait réellement belle... mais comment était-ce possible ? Barry avait trop bien travaillé. Elle l'entendait encore : Vicki, sans grâce, sans beauté, sans raffinement, gauche, maladroite... Et elle l'avait cru. Parce qu'il l'intimidait, elle s'était souvent montrée gauche et maladroite en sa présence. Parce qu'elle sentait son mépris, elle s'était trouvée affreuse... Amers souvenirs, qu'elle avait voulu oublier. Elle enfouit son visage dans ses mains.

— Regardez-moi, Vicki.

Elle obéit, les yeux brillants de larmes contenues.

— Je...

— Je vous ai bouleversée. Veuillez me pardonner. Je n'en avais pas l'intention. Je vais vous demander encore une chose. Ensuite, vous vous coucherez : il se fait tard.

Il prit un miroir accroché au mur, l'emporta vers la lampe posée sur la table.

— Venez ici.

Elle le suivit docilement. Il leva la glace devant son visage, et elle y vit son reflet.

— Vous vous rappelez, quand vous jouiez aux échecs avec Stephen ?

Elle leva les yeux, avec une ébauche de sourire.

— Oui.

— Cela vous amusait, n'est-ce pas ?

Le sourire se précisa, les grands yeux bruns s'adoucirent.

— Oui.

— A présent, regardez-vous.

Elle vit dans le miroir des lèvres tendrement incurvées, des yeux brillants, des joues délicatement rosées.

— Vous êtes belle, Vicki, répéta-t-il pour la troisième fois.

Elle rougit plus encore, de doute et de joie mêlés.

— C'est vrai ?

— Oui. Si vous l'aimez, je m'en moque... Barry est un menteur s'il prétend le contraire. Souvenez-vous-en.

— Je... j'essaierai.

Elle faillit lui dire la vérité, mais une prudence irraisonnée la retint. Elle reprit :

— Je ne comprends pas vos motifs mais je vous remercie.

— Je ne me comprends pas non plus, fit-il brutalement. Je dois être fou.

Ce brusque changement d'humeur lui fit peur ; elle en revint à des préoccupations plus terre-à-terre.

— Je vais remettre du bois dans la chaudière. Avez-vous tout ce qu'il vous faut ?

— J'en suis loin, riposta-t-il, avec un rire bref, sans joie.

— Je... Bonne nuit, Guy, balbutia-t-elle, trop lasse pour relever le défi.

— Bonne nuit.

Après avoir regarni les feux, elle éteignit la lampe, se déshabilla dans l'obscurité. Longtemps, elle demeura les yeux grands ouverts sur la nuit.

Le froid l'éveilla. Le fourneau s'était éteint, il fallait remettre des bûches. Elle enfila des chaussures et descendit au sous-sol, le plus silencieusement possible. Quand elle remonta, il faisait déjà plus chaud dans la cuisine : le feu crépitait dans le poêle.

— La température descend vite, remarqua Guy.

— C'est vrai, convint-elle avec un léger sourire. J'ai les pieds glacés.

— Avez-vous assez de lait pour un chocolat bien chaud ?

— Oh, oui, il m'en reste beaucoup.

Elle posa la lampe sur la nappe à carreaux. Lors de son emménagement, l'automne précédent, elle avait pris la peine de décaper les boiseries, et le bois avait repris sa luisante patine naturelle. Un papier à fleurs et des rideaux de couleur gaie donnaient à la pièce un charme intime dont elle était fière à juste titre. Comparée à la chambre, la cuisine reflétait une personnalité toute différente, mais elle n'y avait jamais songé. Elle entreprit de mélanger dans deux tasses le sucre et le cacao.

— Etes-vous vraiment mariée, Vicki ?

Elle sursauta.

— J'aimerais que vous renonciez à ce sujet. Oui, je suis mariée ! Je vous l'ai dit, non ?

Il la contemplait fixement. Avant de se mettre au lit, elle avait noué ses cheveux avec un ruban. Elle portait une longue chemise de nuit blanche, ornée d'un haut col brodé, de poignets à volants, qui dissimulait entièrement sa silhouette et attirait l'attention sur sa jeunesse, sa fragilité et sur une certaine innocence. Guy déclara tout à trac :

— Je ne peux croire qu'un homme vous ait jamais touchée. Ainsi vêtue, vous avez la pureté de la neige.

— Quelle comparaison appropriée ! fit-elle suavement.

— Pas d'ironie, Vicki. Cela ne vous va pas... Je parierais que vous êtes pure et innocente, ajouta-t-il après une pause.

— Ne soyez pas ridicule ! s'écria-t-elle en pâlissant.

D'autres paroles de Barry lui revenaient en mémoire. Froide... frigide... Des mots affreux. Elle les repoussa. Guy l'observait. Il ne devait pas découvrir la vérité.

— Je ferais volontiers un pari, moi aussi, déclara-t-elle froidement, mais je le gagnerais. Je parierais que vous êtes l'homme le plus grossier et le plus intolérable que j'aie jamais rencontré. Où prenez-vous le droit de me poser toutes ces questions ?

— N'en parlons plus, fit-il d'un air sombre.

Il se leva. Il était seulement vêtu d'un jean, et la lumière jouait sur son torse musclé. Il se mouvait avec une grâce animale qui la fascinait malgré elle.

Il alla chercher le lait chaud, le versa dans les tasses et se rassit en face de la jeune femme. Au grand soulagement de celle-ci, il avait décidé de changer de sujet.

— Je voudrais vous demander quelque chose pendant que Stephen dort. Il m'a dit que son oncle l'avait emmené. Vous a-t-il parlé de ce qui s'était passé avec Harold ?

Cette fois, elle pouvait répondre. Elle se détendit.

— Non, pas vraiment. Son oncle est venu à sa rencontre, à la sortie de l'école, l'a fait monter dans sa voiture sous prétexte de le ramener chez vous et a pris ensuite la direction du sud. Quand Stephen a voulu descendre, il l'en a empêché. Il ne se rappelle même pas s'il y a eu un accident... mais je pense que oui. Il avait au front une grosse ecchymose.

— Comment l'avez-vous trouvé ?

— Je l'ai aperçu de ma fenêtre... il était dans le bosquet d'arbres, près de la route.

— Vous l'avez vu, en pleine tourmente ?

A force de questions, il finit par découvrir toute l'histoire.

— Il était inconscient. Vous avez dû le porter ?

— Eh bien, oui... convint-elle, mal à l'aise. Par bonheur, il n'est pas bien lourd !

— Jamais je ne pourrai rembourser ma dette envers vous, Vicki, remarqua-t-il gravement. Vous lui avez sauvé la vie... Sans vous, il serait mort de froid.

— Oui, peut-être... Mais à votre tour de me fournir des explications. Comment êtes-vous arrivé jusqu'ici ?

En souriant, il se renversa sur sa chaise.

— Non sans peine, admit-il. Le jour de la disparition de Stephen, je n'ai rien pu faire. Les routes étaient impraticables, la visibilité nulle. Cette journée a été la plus longue de ma vie, reprit-il, les traits durcis. Jamais je ne m'étais senti si totalement impuissant. Le lendemain, le temps s'était un peu amélioré, et j'ai pu emprunter un traîneau à moteur à un voisin. Un camarade de Stephen l'avait vu monter dans la voiture et savait que celle-ci avait pris la direction du sud. J'ai fait de même, en m'arrêtant toutes les deux ou trois maisons pour demander si on les avait vus. Tout le long de la côte, les téléphones sont hors d'usage : je ne pouvais pas appeler la police. La dernière personne à les avoir vus était à environ trente-cinq kilomètres d'ici... Après, plus rien.

Elle imaginait trop bien ce qu'il ne révélait pas : les déceptions successives, la peur toujours croissante. Le seul fait d'avoir conduit un traîneau tout ce temps représentait un exploit. Elle était saisie d'un respect involontaire pour cet homme.

— Le traîneau est tombé en panne à deux kilomètres d'ici, poursuivit Guy. J'ai continué à pied, dans l'espoir de trouver une habitation. Par bonheur, j'ai découvert la vôtre. Et j'ai été reçu avec une hachette ! acheva-t-il.

— Nous pensions que ce pouvait être Harold, riposta-t-elle avec humeur. Stephen a vraiment peur de lui.

— Harold doit mesurer un mètre quatre-vingts et peser près de cent kilos.

— Je n'y peux rien ! Je n'allais pas tout de même le laisser reprendre Stephen.

— Vous êtes une femme étonnante, fit-il doucement. Je pourrais vous soulever d'une seule main, mais vous n'aviez pas peur d'affronter un ravisseur avec une hachette...

— Je n'ai jamais dit que je n'avais pas peur ! Cela ne me regarde peut-être pas... mais pourquoi l'oncle de Stephen voulait-il l'enlever ?

— Vous avez parfaitement le droit de le demander, après tout ce que vous avez fait pour nous.

Le visage soudain durci, il dessinait du bout d'un doigt sur la nappe.

— A ma connaissance, Harold est au Moyen-Orient depuis trois ans : il est géologue et travaille pour une grande compagnie pétrolière. Pour ma femme, il était le grand frère protecteur. Ils correspondaient régulièrement, et elle se plaignait certainement de moi. Quand Corinne a trouvé la mort, il y a un peu plus d'un an, j'ai reçu une lettre de lui, pleine de promesses de vengeance... et le meilleur moyen de m'atteindre, c'était naturellement à travers Stephen.

Sans le vouloir, Vicki recula un peu sur sa chaise. L'histoire soulevait plus de questions qu'elle n'en résolvait. Un frère faisait la moitié du tour du monde pour venger sa sœur décédée. Comment était-elle morte ? Que lui avait-on fait ? Pourquoi avait-elle appelé Harold à l'aide ? Comme pour la première fois, elle remarquait la ligne dure des mâchoires de Guy, les lèvres serrées, la force des longs doigts...

— Ne me regardez pas ainsi ! lança-t-il d'un ton âpre. Je ne l'ai pas tuée, vous savez !

Elle frissonna. Elle avait toujours eu l'imagination trop vive et se mettait maintenant à la place de Corinne, à la merci de ces mains vigoureuses.

— Je... je n'ai rien dit de semblable, murmura-t-elle. Mais si vous ne vous trompez pas sur Harold, que lui est-il arrivé, à votre avis ?

— Je n'en sais rien. Demain nous apportera peut-être une réponse.

Demain...

— Je vais me recoucher, annonça-t-elle, d'une voix qui se voulait normale. Sinon, je ne serai bonne à rien, demain.

Elle se leva. Il en fit autant, mais, au lieu de quitter la pièce, il s'approcha de la jeune femme. Elle prit les tasses pour les rincer mais elle sentait sa présence derrière elle.

— Vicki ?

Elle n'avait aucune raison d'avoir peur. Elle se retourna vers lui, et il tendit la main pour écarter de son visage la lourde chevelure. Tendue comme un arc, elle supporta son contact ; elle était d'une mortelle pâleur, les yeux agrandis.

— Merci de m'avoir redonné mon fils.

Il était tout près d'elle ; elle distinguait de minuscules taches sombres dans le gris de ses prunelles. Les mains de Guy tombèrent sur ses épaules. Il allait l'embrasser... Brusquement affolée, elle le repoussa de toutes ses forces en criant d'une voix aiguë :

— Non ! Ne me touchez pas !

Il ne tenta pas de se rapprocher d'elle. Il observait son visage terrifié, le pouls qui battait à la base de sa gorge.

— Je ne voulais pas vous faire violence mais seulement vous exprimer ma gratitude.

Le souffle haletant, elle répéta :

— Je déteste qu'on me touche.

— Ce doit être désagréable pour votre mari.

Elle tressaillit, chercha à reprendre ses esprits.

— J'aurais dû dire : par n'importe qui d'autre.

— Je vois. Il n'a pas à s'inquiéter : vous ne risquez pas de lui être infidèle, d'après ce que je constate.

— Jamais je ne le tromperai.

Sa réponse avait un accent de sincérité absolue. Il assena un coup de poing sur la table, et Vicki frémit comme s'il l'avait frappée.

— Les dieux doivent bien rire... Laissez-moi vous dire une chose, fit-il farouchement, Vicki — tendre et innocente Vicki. Pour la première fois depuis Dieu sait quand, je rencontre une femme qui pourrait avoir une importance pour moi. Une femme qui possède à la fois beauté et courage. Une femme capable d'aimer avec une passion qu'elle ignore.

Il s'interrompit brusquement, chercha son souffle. Vicki attendait, tremblant de tous ses membres. Il releva enfin ses yeux gris.

— Cette femme, c'est vous, Vicki. Et, par une cruelle ironie du sort, vous êtes mariée.

Comme pour mettre entre eux une distance matérielle, il alla jusqu'à la porte et se retourna.

— Etant ce que vous êtes, ce mariage est pour vous un engagement à vie. Vous ne le quitterez jamais, vous ne lui serez jamais infidèle, n'est-ce pas ?

Elle secoua la tête. Chaque mot était un coup. Elle avait eu raison de le tromper, elle en était sûre maintenant. S'il l'avait sue libre, que n'aurait-il pas fait ?

— Demain, vous serez parti, fit-elle froidement. Vous aurez tôt fait de m'oublier.

— Et si je ne vous oublie pas ?

— Vous n'avez pas le choix.

— Je ne peux pas le croire !

— Il le faut bien.

Il se redressa de toute sa taille.

— Nous verrons, Vicki Peters. Oui, je partirai demain. Mais je ne vous promets pas de sortir à jamais de votre vie. Vous m'étiez destinée, je le sais.

— Vous vous trompez ! souffla-t-elle.

Elle était à bout de forces. S'il découvrait jamais la vérité, elle serait impuissante contre lui...

— Je vous en prie, allez-vous-en... Laissez-moi seule.

— Très bien. Mais ce n'est pas fini, croyez-le.

Elle murmura une réponse inaudible, entendit ses pas dans la salle de séjour, le bruit de la porte de la chambre. Ses genoux cédèrent, et elle se laissa tomber sur la chaise longue, les yeux fixés sur le mur, sans le voir. Guy Travis représentait un danger pour la sécurité du petit univers qu'elle avait reconstruit sur les ruines de l'autre. Demain il serait parti, et elle pourrait l'oublier, se dit-elle en se blottissant sous les couvertures.

3

Quand elle s'éveilla, c'était le matin, et la limpide lumière du printemps se déversait par les fenêtres. Elle restait immobile. Elle se rappelait les paroles de Guy, en pleine nuit : il lui avait trouvé de la beauté et du courage ; elle était pour lui une femme passionnée vers laquelle il se sentait fortement attiré. Sous la caresse du soleil, l'émerveillement, en elle, s'épanouissait comme une fleur. Sous l'effet d'une impulsion soudaine, elle se leva pour aller décrocher le miroir. En pleine lumière, elle s'examina gravement.

Elle n'entendit pas approcher un bruit de pieds nus. Un mouvement sur le seuil attira son attention, et elle leva les yeux pour voir Guy qui l'observait. Un instant, elle demeura pétrifiée, avant de rougir et de raccrocher la glace. Elle dit sans amabilité :

— Vous êtes debout de bonne heure.

— J'ai entendu le chasse-neige, il y a un moment, et j'ai décidé de me lever.

Elle écarta le rideau. Oui, la neige avait été repoussée sur les bas-côtés de la route.

— Le plus proche commissariat de police est à une quinzaine de kilomètres, n'est-ce pas ? Je dois signaler la disparition de Harold, je pense. Cela vous ennuierait-il de garder Stephen pendant ce temps ?

— Non, bien sûr.

— Merci.

Elle le crut sur le point d'ajouter autre chose, mais le moment passa, la laissant étrangement déçue.

— Je vais m'habiller, murmura-t-elle, et préparer le petit déjeuner.

— Très bien. Je m'occupe du feu.

Elle était habillée, et le porridge mijotait sur le fourneau quand Stephen les rejoignit dans la cuisine, et ils se mirent à table tous les trois. Les tâches accomplies un peu plus tôt avec Guy et, maintenant, ce repas partagé... c'étaient là des choses simples mais toutes nouvelles pour Vicki. Une véritable famille serait ainsi, se dit-elle douloureusement. Elle se rappelait l'oncle et la tante chez lesquels elle avait grandi, un couple dur et froid comme la terre pauvre qu'ils cultivaient. Ils l'avaient recueillie par charité et, au long des années, n'avaient jamais cessé de le lui faire sentir. On n'avait pas souvent ri, dans cette maison, pensa-t-elle, en entendant Guy rire d'une réplique de Stephen.

— Oh, regarde, Vicki; quelqu'un arrive, annonça celui-ci.

Elle revint péniblement au présent. Elle ignorait à quel point son visage était transparent, et avec quelle acuité Guy l'observait. Elle regarda par la fenêtre. Un homme chaussé de raquettes s'avançait.

— C'est Nils, expliqua-t-elle.

— Qui est Nils ? questionna Guy.

Déconcertée par ce ton péremptoire, elle rétorqua :

— Un voisin et ami. Il a une vache et me fournit en lait. Excusez-moi un instant.

Elle alla ouvrir la porte de derrière, enfila son manteau et ses bottes et piétina la neige devant le porche. A l'arrivée de Nils, elle coupa court aux politesses.

— Nils, j'ai des visiteurs. Je vous expliquerai plus tard, mais, s'ils posent des questions, mon mari vit toujours avec moi. Il est simplement absent pour le moment.

Visiblement intrigué, il répondit néanmoins :

— D'accord. Et où est-il ? Votre mari, je veux dire.

— Chut... ils vont vous entendre ! Je n'en sais rien... Sur un pétrolier... quelque chose de ce genre.

Il délaça ses raquettes et secoua la neige de ses bottes-mocassins. Trapu, pas beaucoup plus grand qu'elle, il

avait les cheveux d'un blond argenté et les yeux bleus
perçants de ses ancêtres scandinaves.

— Il ne se passe rien de grave, au moins ?

— Non. Mais vous me connaissez : je ne veux me lier
avec personne. Et cet homme... Vous allez le voir. J'ai
jugé préférable de me faire passer pour encore mariée.

— Je vois. Avez-vous du café ?

— Bien sûr. Entrez. Vous m'apportez du lait ?

— Oui. Et de la crème fraîche.

Vicki fit entrer Nils dans la cuisine. Guy se leva. La
jeune femme fit les présentations et servit du café. Tout
le monde se rassit.

— Oh, j'allais oublier, dit Nils. Je vous ai apporté un
petit cadeau, je l'ai fait pendant la tempête.

Il lui tendit un paquet enveloppé de papier journal.
Elle le remercia, l'ouvrit et demeura silencieuse : elle
tenait entre ses mains une sculpture sur bois qui la
représentait. Debout sur une éminence, une main en
auvent sur les yeux, elle regardait au loin ; le vent avait
moulé ses vêtements sur son corps et rejeté ses cheveux
en arrière. Nils était parvenu à tirer d'un morceau de bois
inanimé une impression d'espoir et de courage. Elle
songea aux paroles de Guy, retrouvées dès son réveil. Les
yeux embués de larmes, elle souffla :

— Merci, Nils. C'est très beau.

— Ce n'est rien, fit-il en rougissant.

— C'est très beau, en effet, appuya Guy d'un ton
étrange.

Il considérait avec des yeux nouveaux le jeune pêcheur
aux mains calleuses, au visage brûlé par le vent.

— Faites-vous souvent de ces sculptures, Nils ?

— Tout l'hiver, quand je ne construis pas des casiers à
homards. L'été, je pêche.

— Avez-vous suivi des cours ?

— Deux ans, à Toronto, fit l'autre avec un sourire un
peu grimaçant. Mais j'ai détesté la ville. Alors, je suis
revenu à Cap Breton, où j'ai ma place.

— Un jour, j'aimerais voir ce que vous faites.

— Entendu. Vous êtes du coin ?

Vicki et Stephen débarrassèrent la table, et Guy

31

expliqua sa présence. Finalement, les deux hommes décidèrent de se mettre ensemble à la recherche d'un moyen de transport pour aller au commissariat. Un courant de sympathie s'était établi entre eux, en dépit d'une certaine méfiance de part et d'autre.

Guy demeura absent jusqu'au milieu de l'après-midi. Stephen et Vicki avaient édifié devant la maison un énorme bonhomme de neige. Ils passèrent le reste du temps à faire du toboggan, une distraction qui finit par dégénérer en une bataille de boules de neige. En remontant vers la maison, Guy entendit des cris du côté du bois et alla voir de quoi il s'agissait. Vicki semblait proche de la victoire : elle avait acculé Stephen dans un fossé et l'aspergeait de neige fraîche. Guy se faufila derrière un arbre, façonna une boule et la lança avec une sûreté diabolique. Elle atteignit la jeune femme à l'épaule, et elle fit volte-face pour affronter ce nouvel adversaire. Mais, contre deux, elle n'avait aucune chance. En quelques minutes, bloquée contre un rocher, elle était impitoyablement bombardée. « Assez ! » cria-t-elle. Mais Stephen s'était glissé derrière elle pour lui verser de la neige dans le cou. En cherchant à lui échapper, elle se heurta violemment à Guy.

Le temps demeura en suspens... Le visage animé, les yeux rieurs, elle examinait cette figure tout près de la sienne. Il lui souriait avec une curieuse tendresse ; elle était immobilisée par des bras vigoureux. Une faiblesse l'envahit. Il était si grand, si fort, si viril. Elle se sentait, devant lui, petite, fragile... et protégée. Elle se sentait une femme, découvrit-elle avec un choc. Sans plus penser à son horreur de tout contact, sans songer aux dangers possibles, elle se noyait dans les profondeurs des yeux gris. Inconsciemment, son corps se détendait.

— Fais-la tomber, papa ! cria Stephen. Fais-la tomber !

— Voyons, Stephen, protesta-t-il nonchalamment sans quitter Vicki des yeux, je ne peux pas faire une chose pareille !

— Si, papa, si !

Guy sourit à la jeune femme.

— Qu'en pensez-vous ?

Elle battit des paupières pour se libérer du charme.

— Non ! Non, je vous en prie !

— La dame ne veut pas, Steve, lança-t-il en la lâchant à regret. Mais nous avons gagné, n'est-ce pas ?

Tout en cherchant à reprendre son souffle, elle déclara :

— A deux contre une, ce n'est pas difficile ! On ne peut pas compter sur les hommes pour jouer franc-jeu.

Elle avait voulu plaisanter, mais, malgré elle, les mots avaient un accent d'amertume. Elle fut soudain épouvantée en se rappelant qu'un instant plus tôt, elle s'était trouvée dans les bras de Guy. C'était folie d'abandonner ainsi ses défenses. Une fois déjà, cela lui était arrivé, et le résultat...

— Ne généralisez pas, fit Guy d'un ton bref. On ne peut pas compter sur *certains* hommes... pas plus que sur certaines femmes. A d'autres, vous pourriez confier votre propre vie.

— Cela ne m'arrivera plus jamais !

— Vous y perdrez. Vous vous retrouverez seule et à demi vivante. Certes, la confiance entraîne des risques, mais elle apporte aussi de grandes récompenses.

— Pas pour moi, murmura-t-elle en se détournant.

Stephen les avait écoutés sans comprendre.

— Papa, j'ai froid aux pieds, gémit-il.

— Bien, rentrons.

En silence, ils revinrent vers la maison. Sous le porche, Guy délaça les bottes de Stephen, et Vicki l'entendit dire :

— Je suis allé voir la police, Stephen. Il y a bien eu un accident, l'autre jour. On a retrouvé ton oncle. Mort. Tué sur le coup.

— Oh, fit l'enfant d'une petite voix. C'était un méchant homme, n'est-ce pas ?

— C'était certainement méchant de vouloir nous séparer.

— Maintenant, je n'aurai plus peur qu'il recommence.

— Tu en avais peur ?

— Oui.

— Eh bien, c'est fini, n'y pense plus.

Vicki admirait la manière directe dont Guy avait appris la vérité à son fils. Elle annonça :

— Poulet rôti pour dîner. Cela vous va ? Il devrait être cuit dans une petite heure.

Pendant le repas, Guy dit à Stephen :

— Une voiture vient nous prendre tout à l'heure pour nous ramener à la maison.

— On rentre ce soir ? se lamenta l'enfant.

— Oui, il le faut. Tu vas à l'école, demain.

— Alors, est-ce que Vicki peut venir avec nous ?

— Certainement, si elle le désire, acquiesça Guy après un silence.

— Tu viens, Vicki ?

Les yeux gris inquiets la suppliaient. Ainsi, lui aussi avait perçu ce lien, entre eux... Elle se sentit coupable à l'idée de le décevoir.

— C'est impossible, Stephen. Je vis ici. Je ne peux pas tout quitter d'un moment à l'autre... Et qui donnerait à manger aux poules ? Qui entretiendrait le chauffage ?

— Mais je veux que tu viennes, dit-il, la lèvre tremblante.

Et elle le désirait, elle aussi. Par quelque mystérieuse alchimie, il était déjà devenu le fils qu'elle n'avait jamais eu. Il fallait en finir, pensa-t-elle.

— Je suis désolée, Stephen. C'est impossible.

C'était une réponse définitive, et il s'en rendit compte. Les larmes débordèrent ; il repoussa son assiette.

— Je ne veux plus rien ! cria-t-il.

Il se leva et partit en courant vers la chambre. La porte claqua derrière lui.

— Ce genre de comportement est sans excuse, déclara Guy. Je lui parlerai tout à l'heure. Mais vous auriez au moins pu lui promettre votre visite.

Le visage de Vicki exprimait des émotions diverses : la culpabilité, la tristesse, dominées par une détermination bien arrêtée de ne pas céder.

— Je ne fais pas de promesses que je sais ne pas pouvoir tenir. Et vous paraissez l'oublier l'un et l'autre : je suis mariée.

34

— Ainsi, vous allez vous cramponner à votre sécurité, Vicki ? Et tant pis pour Stephen !

Elle frémit devant le mépris inscrit sur ses traits.

— Vous ne comprenez pas ! s'écria-t-elle.

— Je pourrais peut-être, si vous vous expliquiez.

Pareil au bélier des assaillants anciens, il détruisait toutes ses défenses. Mais il changea soudain de tactique.

— Ecoutez, Vicki, dit-il plus calmement, vous savez quelle dette j'ai envers vous, à cause de Stephen. Laissez-moi faire quelque chose en retour.

— Ce n'est pas la peine, murmura-t-elle, intriguée.

— Il se passe quelque chose de grave dans votre vie, n'est-ce pas ? continua-t-il. Cela doit concerner votre mari. Je me trompe ?

Elle demeurait muette sous l'impitoyable regard gris. Non, il ne se trompait pas, mais elle ne pouvait le lui avouer.

— Vous êtes malheureuse avec lui, n'est-ce pas ? Il se montre cruel avec vous ?

— Non, répondit-elle d'une voix trop forte.

— Ne venez pas prétendre que vous êtes heureuse avec lui ! Pourquoi ne pas le quitter, Vicki ? Maintenant... avant d'avoir les mains liées par des enfants ?

Elle tressaillit, et il poursuivit brutalement :

— Regardez-vous ! Vous avez l'air d'un fantôme. Aucun homme ne mérite ce genre de fidélité.

— Je l'aime peut-être.

— Alors, vous ignorez le sens du mot amour.

Elle n'avait d'autre défense que la colère.

— Vous n'avez pas le droit de me parler ainsi !

— Mais si, Vicki. Parce que je vous veux.

— Vous me voulez ? Pour quoi faire ? cria-t-elle.

— Je veux vous rendre heureuse, vous entendre rire. Quel mal y a-t-il à cela ?

— Je suis mariée.

— Avec un homme qui vous laisse seule dans une vieille maison loin de tout. Sans électricité, sans téléphone. Et s'il vous arrivait un accident ? Qui prendrait soin de vous ?

L'hiver durant, elle le savait, Nils avait veillé sur elle,

mais elle s'était arrangée pour suivre son propre chemin. Avec Guy, il en allait autrement. Un peu de chaleur se répandit dans son cœur. Il reprit :

— Nils doit s'inquiéter pour vous, parfois. Mais votre mari ? Ou bien y a-t-il quelqu'un d'autre ?

En esprit, elle plongea dans le passé. Ses parents étaient morts quand elle était toute petite. Pour son oncle et sa tante, elle avait été un piètre substitut pour le fils qu'ils n'avaient jamais eu ; ils s'étaient servi d'elle, sans jamais se soucier de son bien-être physique ou moral. Quant à Barry... il s'était surtout soucié de son argent, pensa-t-elle cyniquement. Jusqu'au moment où il avait tout dépensé. Et il s'était soucié de son apparence : il voulait faire d'elle une copie conforme des femmes de ses amis, trop sophistiquées, trop maquillées, trop parfumées, trop malicieusement bavardes...

— Pas besoin de réponse, dit Guy. Je la lis sur votre visage. Encore une seule question, Vicki, et, cette fois encore, je crois connaître la réponse. Aimez-vous être dans les bras de votre mari ?

Ecarlate, elle se boucha les oreilles.

— Je ne veux pas en entendre davantage ! balbutia-t-elle.

Il lui prit les poignets.

— Ses baisers vous donnent-ils la vie ? Mourez-vous d'envie de sentir ses mains sur vous ?... Vous ne savez même pas de quoi je parle ! ajouta-t-il en ricanant.

Elle se surprit à contempler les mains qui lui enserraient les poignets. Qu'éprouverait-elle, si l'une de ces mains caressait son bras ? La chaleur se répandrait-elle dans tout son corps ?... Sans comprendre pourquoi, elle sentit des larmes trembler sur ses cils. Elle ne voulait pas pleurer : ce serait l'ultime humiliation. De toutes ses forces, elle se dégagea et repoussa sa chaise.

— Il est temps de vous préparer, déclara-t-elle d'une voix méconnaissable. Et ne revenez plus.

Il se leva à son tour.

— J'ai peine à comprendre comment vous pouvez vous montrer si brave en certaines circonstances et si lâche par ailleurs. Vous avez peut-être raison : je suis fou

36

d'avoir envie de vous revoir. Mieux vaut vous laisser comme vous êtes : glacée, comme la terre sous la neige. Peut-être n'y aura-t-il pas de printemps pour vous, Vicki...

— Je ne sais pas de quoi vous parlez, murmura-t-elle.

— Mais si. C'est donc adieu, sans doute, poursuivit-il, découragé. Oubliez ce que je vous ai dit : je vous voulais pour moi... mais c'est impossible.

C'était bien ce qu'elle avait voulu ? Voir Guy Travis sortir de sa vie. Alors, pourquoi cette douleur intense qui étreignait son cœur ? Il ajouta d'une voix imperceptible :

— Je voudrais ne vous avoir jamais rencontrée.

Les nerfs tendus, elle éprouvait le désir absurde de caresser son front. Elle serra les poings.

— Promettez-moi une chose, reprit-il d'un ton morne. Si jamais vous avez besoin d'un endroit où aller, de quelqu'un pour vous aider... ferez-vous appel à moi ?

— Oui, Guy, je vous le promets.

Mais elle n'en ferait rien, elle le savait.

Lentement, il s'approcha d'elle. Elle ne bougea pas.

— Je voudrais comprendre pourquoi les choses se sont passées ainsi, chuchota-t-il très bas. Adieu, Vicki.

Et il s'éloigna vers la chambre pour aller chercher Stephen. Cinq minutes plus tard, ils étaient partis. De la fenêtre, elle regarda les deux silhouettes suivre la tranchée ouverte par Nils dans la neige. Les derniers instants s'étaient passés dans une fièvre d'adieux. Stephen, les joues encore maculées de larmes, l'avait serrée dans ses bras, et le contact du petit corps avait bien failli vaincre sa résolution. Mais Guy avait dit d'un ton bourru : « Viens, il est l'heure. » Et le moment avait passé. Il ne l'avait pas touchée, ne l'avait pas même regardée en face. Il aurait pu tout aussi bien quitter une rencontre de passage.

A l'autre bout du jardin, les phares glissèrent. La voiture disparut. Ils étaient partis...

La maison semblait soudain trop silencieuse. Le bois craqua dans le poêle. Les lampes bourdonnaient faiblement. La neige fondante tombait du toit. C'était tout. Pas de bruits de pas. Pas de voix. Elle était de nouveau seule. Seule, comme elle avait choisi de l'être.

Les deux semaines suivantes s'écoulèrent lentement. Comme pour se faire pardonner la tourmente, le temps changea du tout au tout : les températures montèrent vertigineusement ; le ciel était d'un bleu pâle et limpide. Et, chaque jour, la chaleur du soleil était plus convaincante.

Dans les champs, la neige fondit rapidement. Le bonhomme de neige n'était plus qu'un petit tas sale. Près de la ferme pointaient les lances minuscules de l'herbe nouvelle, et les chatons des saules grossissaient. Les premières hirondelles arrivèrent. A l'aube et au crépuscule, les daims à queue blanche émergeaient de la forêt pour chercher leur nourriture.

Comme si elle subissait la contagion de ce réveil de la nature, Vicki revivait dans le moindre détail le bref séjour de Stephen et de Guy. Elle aurait voulu les oublier, mais c'était impossible. Pour la première fois, depuis son installation, elle se mit à se poser des questions sur son avenir. Elle avait assez d'argent pour rester là un an, si elle vivait un peu chichement. Elle avait entrepris d'écrire un livre pour enfants, illustré de ses propres dessins, mais, à son égard, elle alternait entre l'optimisme et le pessimisme. En tout cas, ce travail la passionnait, et, pour cette seule raison, elle persévérait. Une carrière d'écrivain... était-ce là ce qu'elle désirait ? Si ses livres étaient publiés, cela lui suffirait-il ? Elle s'imaginait, dix ans plus tard, seule, sans un homme pour prendre soin d'elle, sans enfants pour égayer ses jours. Et elle se rappelait les mois de souffrance passés avec Barry. Elle l'avait aimé, l'avait épousé, pour découvrir qu'il l'avait trompée et s'était servi d'elle. Sa désillusion avait été si complète, son chagrin si total qu'elle s'était juré de ne plus jamais faire confiance à personne. A cause de ce vœu, elle avait renvoyé Stephen et Guy.

Elle s'était plus ou moins attendue à recevoir une lettre d'eux, mais les jours s'écoulaient, et ils ne donnaient pas signe de vie. Elle aurait dû être heureuse de son succès. Elle ne l'était pas.

Sa nervosité, son impression de solitude la poussaient à

passer plus de temps avec Nils. S'il en était surpris, il n'en montrait rien, et elle lui en était reconnaissante. Elle l'aidait à réparer ses filets et peignait les flotteurs de larges bandes oranges et noires qui distingueraient les casiers de Nils de ceux des autres pêcheurs. Le lendemain du jour où il les avait posés, elle alla avec lui les relever. Casier après casier remontait chargé de précieux homards, avant d'être de nouveau appâté au hareng et replongé dans l'eau. Nils exultait. Enfin, il s'étira longuement.

— Une rude bonne pêche, dit-il. Espérons que cela durera le reste de la saison... Il fait froid, n'est-ce pas ?

Il poussa le moteur et, dans un tourbillon d'écume, prit la direction de la côte.

— Je voulais vous demander, hurla-t-il pour dominer le vacarme : avez-vous eu des nouvelles de Guy et de Stephen ?

La question la prit au dépourvu.

— Non, aucune, cria-t-elle.

Elle ne vit pas la lueur de soulagement dans les yeux bleus.

— Curieux. J'aurais cru qu'il garderait le contact. Je suis sûr de l'avoir déjà vu quelque part, mais j'ignore où. Tenez, prenez la barre : je vais nettoyer le seau à harengs.

Elle obéit. Au bout d'un instant, il vint s'asseoir près d'elle.

— Tenez bien le cap... ça va. Je n'ai pas compris pourquoi vous ne vouliez pas lui dire la vérité à propos de Barry.

Mal à l'aise, Vicki s'agita.

— Une réaction plus ou moins instinctive, je pense. Je l'ai jugé... dangereux. Trop autoritaire, peut-être.

— Toujours en fuite ?

Elle s'était un peu confiée à Nils, sans toutefois lui avouer tout.

— Il n'est pas question de fuite, riposta-t-elle. J'ai du bon sens et je veille à mes propres intérêts.

Il émit un grognement dubitatif mais n'insista pas davantage.

— Laissez-moi la barre, maintenant.

Avec une habileté née d'une longue expérience, il amena *L'Ecume de mer* à son mouillage. Rendue maladroite par le froid, Vicki gravit l'échelle, attrapa l'amarre et l'assujettit à son anneau de fonte. Elle se redressa avec une petite grimace de douleur.

A l'abri de la halle au poisson, un homme avait observé leur arrivée. Il sortit du bâtiment, le regard fixé sur la jeune femme. Le vent soulevait la longue chevelure noire de Vicki, l'enroulait autour de sa tête, agitait son ciré jaune ; le froid rosissait ses joues.

Du coin de l'œil, elle le vit approcher. Elle se retourna. Une haute silhouette aux cheveux sombres, aux yeux gris comme l'océan, s'avançait vers elle. Guy.

4

L'esprit en déroute, Vicki attendait les premières paroles de Guy, mais, en arrivant à sa hauteur, il marqua à peine une pause et cria à Nils :

— Vous voulez un coup de main ?

Le pêcheur se redressa lentement, les paupières plissées, et répondit d'un ton neutre :

— Volontiers. J'ai près de cinq cents livres de homard à charger sur le camion. Tenez, attrapez !

Vicki regarda les deux hommes amener à terre les caisses pleines et les charger. En se mettant au volant, Nils cria à la jeune femme :

— Merci, Vicki. A bientôt !

Une Rover vert foncé était stationnée près de la halle.

— Montez, ordonna Guy.

— Où allons-nous ? demanda-t-elle sans bouger.

— Chez vous.

Il était inutile de discuter quand il parlait sur ce ton. Elle obéit, et ils couvrirent en silence la courte distance qui les séparait de la ferme. Sous le porche, elle accrocha son ciré et ôta ses bottes. Elle portait un jean et un gros pull-over jaune d'or qui changeait en ambre ses prunelles.

— Allumez le poêle ; je m'occupe de la chaudière.

Dans un silence exaspéré, Vicki s'exécuta. Mais sa colère s'éteignait, sous l'effet d'une anxiété croissante. Pourquoi était-il revenu ? Que lui voulait-il ?

Le feu allumé, elle alla se laver les mains. Elles étaient

rouges et gercées, et elle y passait de la crème quand Guy vint la rejoindre.

— Vous ne portiez pas de gants ?

— Si, mais ils ont été trempés.

Il n'était tout de même pas venu de si loin pour échanger des propos si anodins, se disait-elle.

Il prit ses deux mains entre les siennes et les frictionna énergiquement pour leur communiquer sa propre chaleur. Incapable de soutenir son regard, elle gardait les yeux fixés sur les dessins en relief de son pull-over. Il déclara enfin :

— Voilà, ça va mieux.

Il éleva jusqu'à sa joue une main de la jeune femme. Durant une minute de folie, elle eut envie de passer les doigts dans la chevelure soyeuse, d'attirer vers elle cette tête arrogante... Epouvantée, elle lui arracha sa main.

— Qu'y a-t-il ?

— Je vous l'ai déjà dit : je n'aime pas qu'on me touche.

— Dites-vous la même chose à votre mari ?

— Non. Pourquoi le ferais-je ?

— Pourquoi, en effet ? Je ne vous ai jamais crue capable de communiquer par-delà la tombe.

— Qu'est-ce que cela signifie ? fit-elle, la gorge sèche.

— Je parle de votre mari. Il est mort et enterré depuis plus d'un an.

Comme un animal pris au piège, Vicki eut un mouvement de recul vers la porte. Il devina aussitôt son intention.

— Non, Vicki. Vous avez fui assez longtemps. Nous allons tirer tout cela au clair.

— Comment êtes-vous au courant ?

— J'ai un ami avocat. Il m'a trouvé les renseignements. Je suis heureux que vous ne perdiez pas de temps à essayer de nier. Vous m'avez raconté beaucoup de mensonges, n'est-ce pas, Vicki ?

Il avait élevé la voix. Elle dut faire un effort considérable pour ne pas reculer devant lui.

— Oui, je vous ai menti. Mais cela ne change rien.

— Ça change tout ! interrompit-il, furieux. Vous ne

comprenez donc pas ? Je vous croyais mariée ! Et je découvre que vous ne l'êtes plus. Cela fait toute la différence du monde ! insista-t-il, les yeux brillants.

— Pour vous, peut-être, mais pas pour moi, riposta-t-elle d'un ton tranchant. J'ignore ce que vous avez en tête, mais cela ne m'intéresse pas.

— Vous pensez que je cherche à avoir une liaison avec vous ? s'enquit-il avec rage.

— Comment puis-je deviner ce que vous cherchez ?

Il inspira profondément deux ou trois fois.

— Asseyons-nous et parlons raisonnablement. Pourquoi ne pas nous faire une tasse de thé ?

— A mon avis, nous n'avons rien à nous dire.

Il s'était assis. Il se releva, la domina de toute sa taille.

— Vous vous trompez, Vicki. D'abord, je tiens à savoir pourquoi vous m'avez menti à propos de votre mariage. Ensuite, j'ai l'intention de vous épouser.

Cette fois, ce fut elle qui s'assit.

— M'épouser ? répéta-t-elle d'une voix faible.

— Oui.

— Vous ne me connaissez pas.

— Je sais tout ce qui m'importe. Vous n'avez donc rien entendu, la semaine dernière ? demanda-t-il, tout à coup radouci. Pour commencer, il y a votre beauté...

Il la vit esquisser un geste de dénégation.

— Vous devriez vous voir en cet instant, insista-t-il doucement. Votre chevelure est un écheveau de soie, vos joues ont la couleur des églantines, vos yeux sont des étangs sombres, pleins de mystère...

Ses paroles la magnétisaient. Il y avait une assurance nouvelle dans son port de tête, une lueur de fierté dans ses yeux.

— Vous commencez à me croire, n'est-ce pas ?

— Peut-être, souffla-t-elle avec un sourire timide.

Une chaleur inaccoutumée envahissait son cœur ; une souffrance aussi ancienne que ses premiers souvenirs s'atténuait peu à peu.

— Confiez-moi vos pensées, ordonna-t-il.

Après une brève hésitation, Vicki commença !

— C'est une histoire banale. Après la mort de mes

parents, je suis allée vivre chez un oncle et une tante. Ils n'avaient pas d'enfants, mais je ne répondais pas à leurs désirs. D'abord, j'étais une fille. Je travaillais pour eux de tout mon cœur, dans l'espoir de gagner leur approbation... même une seule fois. Naturellement, je n'y suis jamais parvenue.

Elle contemplait ses mains, croisées sur la nappe.

— Je le comprends à présent : c'étaient des gens sans amour, sans rire, sans joie. Ils s'attendaient toujours au pire. Mais, à l'époque, je savais seulement que j'étais malheureuse. Ils parlaient toujours de moi comme d'une petite fille sans grâce... Dommage qu'elle soit si laide, disaient-ils aux visiteurs. Peut-être l'étais-je réellement, avec eux...

— Que sont-ils devenus ?

— Ils sont morts au cours d'une épidémie de grippe. J'avais seize ans. Je suis partie pour Montréal.

— Et les cicatrices ne se sont jamais effacées, depuis. Mais aujourd'hui... ?

— Je vais essayer de les oublier, promit-elle gravement.

— Bravo ! Voyons, où en étais-je ? Ah oui : les raisons pour lesquelles je désire vous épouser...

— Guy, je vous en prie...

— Vicki, vous êtes veuve, libre de refaire votre vie.

— Légalement, vous avez raison, bien sûr, fit-elle avec un rire amer. Mais cela ne change rien : jamais je ne me remarierai.

— Pourquoi pas ?

— Mon mariage avec Barry n'a pas été une réussite. Je ne veux plus commettre la même erreur.

— Allons, Vicki, vous n'êtes pas lâche ; vous me l'avez prouvé.

— Appelez ça de la lâcheté, si vous voulez. Pour moi, c'est plutôt du bon sens. Chat échaudé... Vous connaissez le proverbe ?

— Avec moi, ce serait différent, déclara-t-il avec force.

— Je n'ai aucun moyen de le savoir. Sinon en vous épousant... et je m'y refuse.

Une terrible tension emplissait l'atmosphère. Elle fit un effort pour essayer de le raisonner.

— Cette conversation est absurde, Guy. Vous avez passé vingt-quatre heures chez moi, il y a quinze jours, et vous venez m'annoncer votre désir de m'épouser. Je ne peux pas vous prendre au sérieux.

— Le temps est une donnée toute relative. Dès que je vous ai vue, j'ai su... Non, écoutez-moi, l'implora-t-il. Je ne vous suis pas indifférent, je le sais...

— Comment pouvez-vous le jurer ?

— Vous m'avez menti. Vous ne l'auriez pas fait si je n'avais pas représenté une menace à vos yeux. Vous n'avez jamais menti à Nils, n'est-ce pas ?

Elle posa sur lui un regard exaspéré. Une fois de plus, il avait raison. Elle rétorqua froidement :

— Tout ceci ne nous mène nulle part. D'abord, je ne sais rien de vous. J'ignore où vous vivez, quelle profession vous exercez.

— Ce sont des détails secondaires, riposta-t-il avec impatience. J'ai de quoi vous faire vivre, si c'est ce qui vous inquiète.

— Certainement pas !... Par pitié, laissez-moi. Vous m'avez fait une proposition. J'ai refusé. Restons-en là.

— Non !

Au ton de sa voix, elle sut qu'il maîtrisait avec peine sa colère.

— ... Stephen s'ennuie de vous... Il a besoin d'une mère, Vicki. D'une femme qui l'aime et s'occupe de lui.

— C'est du chantage ! protesta-t-elle.

— Non. C'est la stricte vérité.

— Je ne peux rien pour vous, Guy. Ni pour votre fils. Je ne veux plus me lier par ce genre d'engagement.

— Qu'a donc pu vous faire ce Barry ?

— C'est mon affaire, lança-t-elle, glaciale.

Elle vit les poings de Guy se crisper sur la table. Mais, par un suprême effort de volonté, il parla calmement.

— Vous pouvez au moins nous accorder une faveur, Vicki. Venez passer quelques jours chez nous. Je vous promets de n'exercer aucune pression sur vous, de ne pas tenter de vous faire parler de Barry.

— Non ! lança-t-elle.

Mais elle était tentée... Revoir Stephen, avoir le temps de jouer avec lui, d'amener un sourire sur son visage, sentir le petit corps contre le sien... Oui, elle en avait envie. Mais le père de Stephen ? Elle jouerait avec le feu, si elle passait plus de temps avec lui...

— Non, répéta-t-elle. C'est inutile, Guy.

— Vous ne voulez pas, même pour Stephen ?

— Non, murmura-t-elle en se mordant les lèvres.

— Vous êtes vraiment égoïste, n'est-ce pas ? fit-il sur le ton de la conversation.

— Jamais de la vie !

— Mais si. Tout absorbée par vos propres malheurs, vous êtes incapable de voir les besoins des autres. Vous savez, poursuivit-il, toujours de la même voix égale, il me suffirait de vous emporter jusqu'à la voiture, et vous n'auriez plus le choix...

Il était parfaitement capable d'exécuter sa menace.

— Vous feriez mieux de partir, dit-elle d'un ton las.

Il se mit lentement debout.

— Avant, je vais vous embrasser, déclara-t-il avec un sourire cruel. Après tout, ce sera peut-être ma seule chance.

Elle prit soudain conscience de leur isolement. Elle se leva à son tour, s'appuya au dossier de sa chaise.

— Ce n'est pas nécessaire. Adieu, Guy.

Il fit le tour de la table, pour se placer entre elle et la porte, et elle en resta pétrifiée. Délibérément, il posa ses mains sur ses épaules, l'emprisonna sans la moindre difficulté.

— Je vous en prie, lâchez-moi, murmura-t-elle.

— A mon tour de dire non.

Il l'attira vers lui. Elle voyait sa poitrine se soulever, les muscles de son cou se contracter. La ligne de sa mâchoire était impitoyable. Les battements de son propre cœur la suffoquaient. Si elle avait pu s'évanouir à ce moment, elle l'aurait fait. Mais, au contraire, tout lui semblait baigné d'une clarté irréelle. Elle leva la tête.

Avec force, il referma ses bras sur elle. Elle tentait de le repousser mais c'était en pure perte : il la maintenait immobile.

— Lâchez-moi !

— Quand je voudrai...

Il baissa la tête, et ses lèvres prirent celles de la jeune femme. L'affolement la saisit, tout son corps trembla. Avec énergie, elle lutta pour se libérer. Mais une main de Guy emprisonnait sa taille, l'autre la retenait par les épaules.

Elle parvint à se dégager un peu. Elle allait le griffer au visage, lui tirer les cheveux, pensa-t-elle avec fureur. Ses doigts remontèrent vers la nuque de Guy, trouvèrent la chevelure bouclée : l'autre main alla vers la joue. Sous sa paume, la peau était tiède et lisse. Une sensation de plaisir la parcourut tout entière, à la manière d'une secousse électrique, et, tout à coup, elle s'abandonna entre ses bras. Jamais elle n'avait éprouvé ce langoureux, ce douloureux désir, et elle se livrait maintenant à lui avec toute l'ardeur avec laquelle elle l'avait combattu.

Quand il la relâcha brutalement, elle ouvrit des yeux d'ambre rendus brillants par l'éveil de la passion. Ses joues avaient rosi, ses lèvres étaient encore empreintes de ses baisers, et son visage gardait une expression émerveillée.

Quand elle s'aperçut de l'émotion contenue dans ses prunelles grises, l'affolement la reprit. Désespérément, elle tenta de reprendre le contrôle d'elle-même. Quand il l'avait repoussée, elle avait heurté le bord de la table. Elle s'agrippa convulsivement à cet objet solide, réel. Durant quelques instants, cet homme avait bouleversé son univers.

— Guy... ? fit-elle d'un ton hésitant.

— Ne vous inquiétez pas, je ne recommencerai pas, gronda-t-il.

Il prit sur la table les clefs de sa voiture, et, elle remarqua, stupéfaite, que ses mains tremblaient. Elle n'avait donc pas été la seule à être bouleversée par ce baiser... Déjà, elle ouvrait la bouche pour lui annoncer qu'elle avait changé d'avis, qu'elle irait avec lui à Seal Cove. Mais il lança avec violence :

— Vous aurez dorénavant un sujet de réflexion, quand vous vous retrouverez seule chez vous, nuit après nuit. Et je vais encore vous en fournir un autre : c'était l'idée de Stephen, de vous demander de venir passer quelque temps chez nous. Je vais devoir lui dire que vous refusez. Vous êtes fière de vous, j'espère.

Elle pâlit.

— Guy, je...

— Adieu, Vicki.

La porte claqua derrière lui. Quelques secondes après, elle entendit rugir le moteur de sa voiture. Soudain ramenée à la vie, elle se précipita vers la porte d'entrée. Trop tard : le véhicule abordait déjà la route. Dans un grincement de pneus, il disparut derrière les arbres.

Vicki appuya son front contre la vitre, sans même se rendre compte de sa froideur. Elle se demandait avec un étrange détachement si elle allait s'évanouir... maintenant qu'il était parti. Son vertige se dissipa, mais elle était glacée, et ses jambes tremblaient. En aveugle, elle trouva son chemin jusqu'à la salle de séjour et se laissa tomber sur le canapé ; durant un long moment, elle garda les yeux fixés sur le mur.

Comme dans un rêve, elle revivait chaque instant de leur étreinte, pendant laquelle elle avait connu toute la gamme des émotions, de la terreur à la fureur et, enfin, au désir. Lorsque Guy l'avait repoussée, elle avait ressenti une intense frustration. Elle ferma les yeux pour retrouver la pression de ses mains sur ses hanches, la dureté de son torse, la sauvage exigence de sa bouche. Elle sentait son sang brûler d'une fièvre qu'elle n'avait jamais connue.

Lentement, elle se leva et s'approcha de la fenêtre pour contempler les champs dénudés. Une brume verte tapissait les creux de terrain, et l'argent des chatons de saules ourlait le cours d'eau. Des oiseaux chantaient dans les arbres. Elle ne connaîtrait pas le printemps, avait dit Guy. Mais il se trompait : un seul baiser de lui, et son cœur commençait à émerger de sa gangue de glace ; son corps, comme la terre, s'éveillait d'un long sommeil. Mais elle avait renvoyé Guy. En homme orgueilleux, il ne reviendrait pas mendier ses faveurs. Vicki devrait donc supporter les conséquences de son acte. La solitude et l'obsession de ce qui aurait pu être...

Un seul baiser... Pourtant, elle avait vécu avec Barry pendant des mois sans jamais rien éprouver de semblable. Elle l'avait aimé, quand elle l'avait épousé ; du moins en avait-elle été convaincue. Peut-être n'était-ce pas de l'amour, car elle n'aimait certainement pas Guy Travis. Mieux valait pour elle ne jamais le revoir.

Trois jours après, à son réveil, un épais brouillard blanc ensevelissait la maison. Un peu avant le déjeuner, elle sortit pour renouveler les graines de la mangeoire aux oiseaux. Les petites créatures s'étaient habituées à sa présence, et, amusée, elle en regardait deux picorer avec insouciance sous ses yeux quand, soudain, ils s'envolèrent. Quelque chose avait dû les effrayer.

Elle se disposait à rentrer quand elle perçut un bruit de pas sur le gravier de l'allée. Elle cria :

— Qui est là ?

Une petite silhouette émergea du brouillard.

— Stephen ! s'exclama-t-elle. Que fais-tu ici ?

Il s'arrêta à quelques pas d'elle. Sa gibecière était accrochée à ses épaules, et ses cheveux mouillés bouclaient. Il ne semblait pas sûr d'être bien accueilli.

— Bonjour, Vicki.

Elle dit la première chose qui lui passa par la tête.

— Pourquoi n'es-tu pas à l'école ?

— J'ai voulu venir te voir.

— Ton père est au courant ?

— Non.

— Comment es-tu arrivé jusque-là ?

— J'ai pris le car.

— Mais pourquoi ?

Devant cette avalanche de questions, il recula d'un pas.

— Je voulais te voir, fit-il d'une voix tremblante.

Aussitôt contrite, elle répondit :

— Tu as froid et tu es mouillé, mon chéri. Entre. Tu vas m'expliquer.

Elle accrocha sous le porche son cartable et son manteau et le guida dans la cuisine.

— Veux-tu un bol de soupe et un sandwich? s'enquit-elle. Et j'ai fait des petits gâteaux ce matin.

Lorsque Stephen eut attaqué son repas avec tout l'appétit d'un enfant de son âge, elle demanda enfin :

— Ton père ne va pas se demander où tu es?

— Non. Il me croit à l'école. Mais, au lieu de monter dans le car scolaire, j'ai pris celui de Sydney.

— Tu avais donc tellement envie de me voir? Ou tu voulais seulement faire l'école buissonnière?

— Je voulais te voir. Papa m'a dit que tu avais refusé de venir chez nous, mais j'ai pensé qu'il n'avait pas dû assez insister.

Sous le regard limpide, Vicki rougit.

— Oh! fit-elle seulement.

— Tu viendras, n'est-ce pas?

— Ton père ne voudra peut-être plus, maintenant.

— Mais si!

Elle ne put s'empêcher de rire de son assurance.

— En tout cas, tu n'aurais pas dû venir, Stephen. Pas sans le dire à ton père.

— Si je lui en avais parlé, il ne m'aurait pas laissé faire, protesta-t-il avec une logique irréfutable.

Elle s'efforça de prendre un air sévère.

— Non, sans doute. A quelle heure rentres-tu de l'école?

— A trois heures dix.

— Dans deux heures... Nous allons lui téléphoner. Il va être fâché.

— Il y a des chances.

— Quand tu auras fini de manger, nous irons emprunter la camionnette de Nils. Je n'ai pas envie de faire sept kilomètres à pied... Stephen, reprit-elle après une hésitation, je ne comprends pas bien pourquoi tu es ici. C'est gentil de ta part d'avoir envie de me voir, mais tout ce chemin... Et tu savais que tu aurais des ennuis.

Il avala une bouchée de sandwich. Il portait un jean et un pull-over gris foncé qui avait besoin d'être reprisé. Et il était bien pâle, pour un enfant qui vivait le plus souvent au grand air. Il évitait son regard. Finalement, il se décida :

— Tous les autres ont des mamans, et pas moi. Je m'étais dit que, si tu vivais avec nous, je pourrais faire comme si tu étais ma maman.

Vicki avait le cœur brisé.

— On ne peut pas faire « comme si » dans ce domaine, Stephen, fit-elle doucement. Tu as eu une maman ; je ne pourrais jamais prendre sa place.

— Peut-être bien, convint-il lentement. Mais elle me manquerait moins si tu étais là.

Il la considéra timidement, à travers les cils noirs et drus, si pareils à ceux de son père.

— Parce que je t'aime bien. Tu sais beaucoup de choses : couper du bois, faire du feu... Et tu n'es pas toujours en train de me dire de ne pas me salir.

Émue et amusée tout à la fois, elle insista :

— Mais si je venais passer quelque temps chez toi, je devrais revenir ici tôt ou tard.

— Tu te plairais peut-être assez chez nous pour avoir envie d'y rester.

— Oh, Stephen...

Dans son esprit, tout était clair, elle s'en rendait compte. Ne sachant que dire, elle alla lui chercher des biscuits et du lait. Il vint mettre son assiette dans l'évier, et elle se laissa soudain tomber à genoux pour le serrer contre elle. Il lui jeta les bras autour du cou et enfouit son visage dans son pull-over.

— Quoi qu'il arrive, murmura-t-elle, je suis contente que tu sois venu. D'accord ?

— D'accord. Et, si papa veut bien, tu viendras chez nous ?

— Oui, répondit-elle malgré elle.

Ce petit garçon était venu à bout de ses défenses. Il avait besoin d'elle pour lui donner ce qui lui manquait : l'amour d'une mère.

Elle sentit son cœur bondir dans sa poitrine. Et le père ? Elle avait oublié la réaction de Guy. Après leur dernière rencontre, elle était sans doute la dernière personne qu'il eût envie de voir.

— Il ne faudra pas être déçu, si ton père refuse ma visite.

— Il a intérêt à accepter, déclara-t-il en pointant son petit menton.

— Viens essuyer les assiettes, demanda-t-elle avec diplomatie. Nous irons ensuite chez Nils.

Il prit le torchon et remarqua :

— Chez nous, il y a un lave-vaisselle.

— Je vois... Et que fait ton père ? Quel métier ?

— Il écrit des livres.

— Ah ? Quel genre de livres ?

— Des romans. Il s'appelle Paul Tarrant quand il écrit.

— Paul Tarrant est ton père ? demanda-t-elle, incrédule.

— Oui. Tu le connais ?

— Bien sûr ! C'est un des meilleurs écrivains canadiens.

Vicki était stupéfaite : ainsi Paul Tarrant était venu chez elle, avait mangé à sa table... Il l'avait embrassée !

— Mais qu'est-il venu faire dans cette région ? Je l'aurais vu plus à sa place à Toronto ou Vancouver.

— Nous avons longtemps habité Toronto. Mais nous avons déménagé l'année dernière. Papa disait qu'il en avait assez de la ville. Il voulait pouvoir sortir le matin sur le pas de sa porte et respirer un grand coup sans être... phyxié... quelque chose comme ça.

— Asphyxié, tu veux dire... Bien, nous avons fini. Allons chez Nils.

Ensemble, ils quittèrent la maison et descendirent l'allée vers la route.

5

Deux heures plus tard, Vicki et Stephen étaient de retour. Tout avait été réglé par téléphone : Guy allait venir chercher son fils. L'enfant ne semblait guère se soucier de la réaction de son père. Vicki, elle, sentait sa nervosité augmenter à mesure que l'heure approchait.

Elle laissa Stephen jouer dehors et alla faire l'inventaire de sa garde-robe : peut-être serait-elle plus à l'aise, si elle se changeait. Elle se décida finalement pour une large jupe en tissu écossais, dans des tons de beige et de vert et pour un pull-over en laine angora blanche. Elle releva ses cheveux en un chignon, se maquilla légèrement les yeux et les lèvres. Gravement, elle s'examina dans la glace. Guy allait-il encore la trouver belle ? Mais pourquoi son opinion aurait-elle de l'importance ?

Dans la cuisine, elle mit la soupe de poissons sur le feu et disposa le couvert. Elle finissait tout juste quand elle entendit le bruit d'une voiture et le « Bonjour, papa ! » de Stephen. Une portière claqua ; elle perçut la voix basse de Guy, interrompue de temps en temps par celle aiguë de l'enfant. Enfin, la porte de derrière s'ouvrit. Un Stephen un peu penaud entra, Guy sur ses talons. Le petit garçon s'arrêta net pour s'écrier :

— Oh, ce que tu es jolie, Vicki ! Tu ne trouves pas, papa ?

Les yeux de Guy étaient fixés sur elle. Il approuva.

— Oui, c'est vrai.

Elle était paralysée par la timidité. L'homme qui se tenait sur le seuil était Paul Tarrant, un écrivain de renom. Un homme sophistiqué, bien informé, dont les romans sur la vie contemporaine montraient un profond discernement, une intelligence vive, une compassion qu'elle avait toujours admirés. Qu'allait-elle bien pouvoir trouver à lui dire ?

— Qu'avez-vous à me regarder ainsi ? questionna-t-il.

Elle rougit et balbutia :

— Je vous demande pardon. Je viens tout juste d'apprendre que vous étiez Paul Tarrant. Je n'en savais rien.

— Qu'est-ce que ça change ? fit-il avec une certaine irritation. Je suis toujours Guy Travis, après tout. Et je vous préviens : je déteste être flatté.

Du coup, le sourire de Vicki reparut.

— Je ne vous adulerai pas, c'est promis, dit-elle vivement. Mais je tiens à vous dire que vos livres m'ont procuré beaucoup de plaisir.

Il inclina la tête, et elle le sentit satisfait.

— Merci, Vicki.

— Et maintenant, si nous mangions ? Stephen, lave-toi les mains, mon chéri. Comment était la route, Guy ? Pas trop de brouillard ?

Durant tout le repas, la conversation se maintint en terrain neutre. La table desservie, Guy déclara :

— Stephen, j'ai à parler à Vicki. Nous allons faire un tour. Peux-tu rester seul un instant ?

Le petit garçon hocha la tête et lança vers la jeune femme un coup d'œil suppliant. Elle lui répondit d'un sourire rassurant, avant d'aller passer un imperméable et des bottes.

Dehors, au crépuscule, la brume flottait en longs rubans au-dessus de l'herbe humide. Ils allèrent jusqu'au vieux pommier tordu qui avait dû faire partie d'un verger florissant. Vicki s'adossa au tronc, et une averse de gouttelettes vint accrocher des diamants dans ses cheveux. La ferme avait disparu dans le brouillard : elle et Guy auraient pu être seuls au monde. En attendant qu'il prenne la parole, elle l'observait. Il portait une culotte de cheval beige qui accentuait la longueur de ses jambes, la sveltesse de ses hanches ; une grosse veste de forestier sur une chemise à col ouvert et de hautes bottes lacées complétaient sa tenue. Derrière lui, le silence fut rompu par des croassements de corbeaux, et le frémissement des lourdes ailes passa au-dessus de leurs têtes. Vicki frissonna, comme s'ils avaient symbolisé un mauvais présage.

— Vous avez froid ?

— Non.

— Que vous a confié Stephen au juste ?

Elle détacha un morceau d'écorce et se mit à le déchiqueter méthodiquement. Sans épargner Guy, elle déclara :

— Il m'a dit qu'il était différent de tous les autres parce qu'il n'avait pas de maman.

Elle l'entendit soupirer bruyamment.

— Et vous êtes pour lui la candidate idéale ?

— Oui, répondit-elle en levant bravement les yeux vers lui. Il m'aime beaucoup, m'a-t-il dit.

Sa bouche s'attendrit au souvenir des paroles de Stephen.

— Et vous l'aimez bien ?

— Beaucoup.

— Je ne savais pas qu'il regrettait d'être seul avec moi. Il n'en avait encore jamais soufflé mot... Vous a-t-il parlé de Corinne — sa mère ?

Sa voix semblait trahir une tension nouvelle, une certaine souffrance. Vicki en était persuadée : il aimait toujours cette Corinne, la mère de son fils, dont Harold avait voulu venger la mort. Elle tenta de se reprendre.

— Il a seulement avoué qu'elle lui manquait.

— Je vois.

Il y avait tout un monde d'amertume dans ces deux mots.

Poussée par la compassion, elle posa une main sur son bras.

— En un sens, c'est sans importance : j'ai bien fait comprendre à Stephen que je ne pouvais en aucune façon remplacer Corinne. Mais j'ai une solution à vous proposer... si cela vous intéresse.

Il baissa les yeux sur les doigts fins et s'enquit :

— Qu'avez-vous fait de votre alliance ?

— Je l'ai vendue, dit-elle en ôtant sa main.

— Vendue ! Pourquoi ?

— J'avais besoin d'argent. Et je n'avais aucun désir de la conserver.

— Votre mariage a donc été si désastreux ?

— Guy, tout ceci n'a rien à voir avec Stephen !

Il fit un pas vers elle, l'immobilisa contre le tronc.

— Si, peut-être. Si j'en crois mon fils, vous accepteriez de venir à Seal Cove. Pourquoi ce changement d'attitude ?

— Aujourd'hui, après avoir parlé avec lui, j'ai compris à quel point il avait besoin d'une présence féminine.

— Ainsi, vous acceptez pour lui... pas pour moi.

Elle perçut d'instinct le danger.

— C'est exact. Si je viens, ce sera strictement pour tenir compagnie à Stephen. Rien d'autre.

— Et qu'allez-vous donc faire ? Ignorer mon existence ?

— Vous n'avez pas encore entendu ma suggestion.

— Très bien.

Il recula, et, pour la première fois, elle eut l'impression que cet entretien était aussi pénible pour lui que pour elle... mais pourquoi ?

— Si je venais chez vous en qualité de femme de charge... commença-t-elle. Ecoutez-moi jusqu'au bout, ajouta-t-elle en le voyant prêt à l'interrompre. Ce sera un arrangement purement pratique. Deux semaines à l'essai, par exemple. Si nous ne sommes pas satisfaits tous les trois, je pourrai rentrer chez moi.

— Et quels gages envisagez-vous ?

Elle sursauta.

— Je ne veux rien ! Qu'allez-vous imaginer ? Je fais cela uniquement pour Stephen.

— Je vois. Ainsi, le fait d'avoir découvert que j'étais Paul Tarrant, célèbre et riche, n'a rien à voir avec votre volte-face ?

Il ne lui faisait plus peur ; elle se laissa emporter par la colère.

— Allez au diable, Guy Travis ! Si vous me prenez

pour quelqu'un d'intéressé, vous ne pouvez me considérer comme une compagne convenable pour votre fils. Dans ce cas, n'en parlons plus.

Il y avait une certaine ironie dans la manière dont il se méprenait sur ses mobiles. Sa double identité la gênait plutôt : elle devrait lui cacher ses aspirations d'écrivain.

— Quand vous êtes furieuse, vos yeux sont presque dorés. Ils étaient ainsi après mon baiser.

Il se pencha, s'appuyant au tronc, au-dessus de sa tête. Elle restait hypnotisée. Avec une sensualité délibérée, il effleura de ses lèvres son front, sa joue, puis sa bouche. Avec insistance, il exigeait une réponse d'elle. De toute sa force de volonté, Vicki se contraignait à demeurer rigide. Les lèvres de Guy exploraient, cherchaient... Tout au fond d'elle-même, le désir l'embrasa. Elle l'ignora, sans savoir si elle luttait contre lui ou contre elle.

Elle reprit ses sens en entendant croasser les corbeaux. Un peu plus tôt, ils l'avaient avertie d'un danger... Violemment, elle se dégagea.

— Non !

Les yeux de son compagnon étaient d'un gris intense.

— Vous venez à Seal Cove pour Stephen. Mais aussi pour moi...

— Non !

— L'attirance entre nous est réciproque...

— Non, ce n'est pas vrai ! Je le jure ! Laissez-moi en paix !

— Pour passer endormie le reste de votre vie ?

— Cela me regarde, non ? Si vous voulez que je m'occupe de Stephen, promettez-moi de ne plus me toucher.

— Je ne ferai aucune promesse, Vicki Peters. Je me conduis chez moi comme il me plaît.

Rien ne le ferait revenir là-dessus, elle le savait. La décision lui appartenait. Si elle restait, elle devrait tout expliquer à Stephen et affronter sa déception. Si elle allait à Seal Cove, elle s'exposait à des conflits, à des risques, à des tourmentes. En cet instant même, tout son corps frémissait à sentir Guy si proche. Elle désirait et redoutait à la fois ses baisers. Mais, après tout, se dit-elle, il n'y aurait rien de commun avec ses relations avec Barry : elle avait aimé Barry, et c'était l'amour qui l'avait trahie. Jamais elle ne pourrait aimer cet étranger arrogant.

— Je viendrai à Seal Cove, articula-t-elle distinctement.

Si elle s'attendait à des remerciements émus, elle fut déçue. Il se contenta de hocher lentement la tête, comme si elle venait de confirmer son impression.

— Bien. Allons l'annoncer à Stephen.

L'enfant, lui, eut une réaction plus réconfortante. Il jeta ses bras autour de son cou.

— Tu feras du gâteau au chocolat ? questionna-t-il. Et je pourrai inviter mes amis après l'école ?

— Oui, je te le promets, dit-elle en riant.

— Combien de temps vous faut-il pour faire vos bagages ? interrogea Guy. Nous devrions partir assez vite...

— Mais je ne peux pas m'en aller ce soir.

— Pourquoi pas ? fit-il d'un ton bref. Vous n'avez pas déjà changé d'avis ?

Avec un regard qui en disait long, elle répondit suavement, par égard pour Stephen :

— Certainement pas. Mais j'ai besoin de quelques heures pour m'organiser. Je dois demander à Nils de s'occuper des volailles... Je prendrai le car demain après-midi.

— Non, je viendrai vous chercher. A une heure ?

— Entendu. Si je ne suis pas là, vous me trouverez chez Nils.

— Parfait. Demain, quand tu rentreras de l'école, ajouta Guy à l'adresse de l'enfant, nous serons là tous les deux.

« Nous serons là tous les deux... » Les mots firent frémir de plaisir Vicki. Partager un foyer, un vrai foyer... ce serait merveilleux. Jamais elle n'avait connu ce bonheur. L'appartement ultra-moderne et luxueux où elle avait vécu avec Barry à Montréal n'avait jamais été un foyer...

— Redescendez sur terre, Vicki !

Elle battit des paupières, et les ombres disparurent de ses yeux. Elle tapota l'épaule de Stephen.

— A demain, donc, après l'école. Je n'aurai peut-être pas le temps de faire un gâteau au chocolat, mais tu l'auras après-demain, promis !

— Croix de bois, croix de fer, si tu mens, tu vas en enfer !

Solennellement, elle croisa les mains sur sa poitrine et, alors seulement, se sentit étroitement observée par Guy. Toute rose, elle laissa retomber ses mains ; il dit :

— Bonne nuit, Vicki. Demain à une heure.

Sans hâte, il se pencha pour poser un baiser sur ses lèvres entrouvertes. Elle n'eut pas le temps de formuler une remarque cohérente : ses deux visiteurs partaient déjà.

Immobile au milieu de la cuisine, elle se demanda pourquoi elle était tombée dans ce traquenard. Elle était venue sur la côte nord pour y trouver la solitude et la paix. Alors, pourquoi avoir accepté de s'occuper de Stephen ? De vivre sous le toit de Guy Travis ? Elle devait être folle ! Un an plus tôt, elle s'était juré de ne plus jamais se lier à personne ; et aujourd'hui, à cause des yeux gris mélancoliques d'un petit garçon et de l'énergique personnalité d'un homme, elle se conduisait comme si ce vœu n'avait jamais existé. Pour la première fois, elle fut amenée à affronter certaines réalités : elle ne pourrait demeurer éternellement à Seal Cove en qualité de « femme de charge » ; Stephen en arriverait à dépendre d'elle de plus en plus, et la réciproque serait sans doute vraie aussi : il avait déjà une grande place dans son cœur. Comment pourrait-elle jamais le quitter ? Elle se retrouverait prise au piège, comme dans son mariage... Saisie de peur, elle restait pétrifiée. Si Guy était revenu, elle aurait affronté sa colère, elle lui aurait annoncé qu'elle ne venait pas. Mais il était parti. Elle le reverrait le lendemain seulement, quand il viendrait la chercher...

A midi, le lendemain, elle et Nils avaient transporté les poulets chez le pêcheur, et il lui préparait à déjeuner. En posant devant elle une assiette d'œufs au jambon, il lança :

— Vicki, cela ne me regarde peut-être pas, mais pourquoi allez-vous à Seal Cove ?

Très lentement, elle beurra une tranche de pain. En levant les yeux, elle discerna dans le regard bleu une certaine perplexité et autre chose encore... une espèce de souffrance. Elle lui devait la vérité.

— Je me suis posé la même question la moitié de la nuit, Nils, et je ne suis pas plus avancée. Il y a Stephen... il a besoin de moi. C'est peut-être cela.

— Je peux avoir besoin de vous, moi aussi.

— C'est un enfant, Nils. Un enfant qui grandit sans mère.

— Et vous avez l'intention de devenir sa mère ? s'exclama-t-il avec une âpreté nouvelle chez lui.

— C'est impossible, naturellement. Mais je pourrai m'occuper de lui, faire pour lui ce que fait une mère.

— Et que devient là-dedans Guy Travis ?

Prise au dépourvu, elle voulut distraire son attention.

— Oh, vous ne savez pas... Guy est écrivain. Son nom d'auteur est Paul Tarrant. Je vous ai prêté un des ses livres, vous vous rappelez ?

— Oui. Ainsi, Guy est Paul Tarrant...

Il se frotta pensivement la barbe et baissa la voix.

— Il était beaucoup question de lui dans les journaux, il y a un ou deux ans. J'ai oublié à propos de quoi. Dommage...

Contrairement à son habitude, il semblait troublé, et Vicki se sentit saisie d'un pressentiment.

— Surtout ne lui dites jamais que j'essaie d'écrire. Je serais terriblement gênée de lui montrer mon manuscrit.

— Ce que vous faites est bon, déclara-t-il. Vous n'avez pas à en avoir honte... Mais vous n'avez toujours pas répondu à ma question, Vicki : que vient faire Guy Travis dans cet arrangement ?

— Rien.

— Allons ! Cet homme est le père de Stephen, il vit sous le même toit.

— Il sera mon employeur, c'est tout.

Nils se versa du café, et un peu de liquide brûlant se répandit sur la table.

— Je n'aime pas vous voir partir, déclara-t-il brusquement.

— Pourquoi, Nils ?

Elle le vit lutter contre sa réserve coutumière.

— Ne vous y trompez pas, Guy m'est sympathique. Mais il est dangereux, et je ne voudrais pas vous voir entrer en conflit avec lui.

— Cela n'arrivera pas, promit-elle, en lui posant la main sur le poignet. Pour moi, il est le père de Stephen, sans plus.

Elle désirait à tout prix le croire.

— Non, ce n'est pas tout, murmura Nils, les yeux rivés sur sa tasse. Vous allez me manquer, Vicki.

Cela avait dû lui coûter beaucoup de faire un tel aveu, et elle eut un élan d'affection vers lui.

— C'est gentil à vous de dire cela, Nils.

— Vous n'avez pas eu de chance avec votre mari, et cela vous a pour ainsi dire dégoûtée des hommes. Mais si, un jour, vous pouviez envisager de m'épouser, j'en serais très heureux.

Elle ne s'était pas attendue à une telle chose. Incapable de trouver une réponse, elle le regarda repousser sa chaise et aller prendre deux bûches dans le panier. Il les jeta dans le poêle avec une énergie superflue, et le bruit les empêcha d'entendre l'approche d'une voiture. Nils s'essuya les mains sur son pantalon.

— Oubliez ce que j'ai dit. Je ne suis pas assez bon pour vous, je le sais.

Elle se leva vivement, s'approcha de lui et lui prit les mains.

— Ne dites pas ça ! Vous êtes un homme remarquable, Nils, et vous avez été pour moi un excellent ami. Je ne sais pas comment je me serais tirée d'affaire sans vous.

Il lui sourit. Une tête brune apparut à la fenêtre, mais ils ne la virent pas...

— Je ne vais pas bien loin. Vous viendrez me voir ?

— Oui... Je parlais sérieusement, à propos de mariage.

Elle posa un instant son front sur son épaule. Quand elle releva la tête, elle avait les yeux embués de larmes.

— Cher Nils ! C'est pour moi un honneur. Et je vous fais toute confiance. Mais je ne peux pas. Je ne crois pas jamais me remarier.

Il la prit maladroitement dans ses bras. Elle n'éprouvait pas l'affolement ressenti avec Guy, mais rien non plus de cette joie aiguë. Elle était bien, simplement, comme dans les bras d'un frère. Elle l'entendit marmonner :

— D'accord, je ne m'étais pas attendu à vous voir accepter. Mais vous resterez en contact avec moi ?

— Promis.

Sincèrement émue, elle l'embrassa.

De l'extérieur leur parvint un bruit de pas sur les pierres. On frappa à la porte. Vicki et Nils se séparèrent. Il alla ouvrir, et la jeune femme remit de l'ordre dans sa coiffure. Ce devait être Guy. Les avait-il vus ?

— Bonjour, Nils, l'entendit-elle dire. Vicki est chez vous ?

— Oui, entrez.

D'un seul regard, Guy vit les joues empourprées de Vicki.

— Je n'ai rien interrompu, j'espère ?

Nils rougit sous son hâle.

— Non, non... Nous finissions de déjeuner, n'est-ce pas, Vic ?... Vous prenez un café ?

— Non, merci. Si Vicki est prête, nous allons partir. Je veux être rentré avant le retour de l'école de Stephen.

— Mes valises sont là-bas, indiqua calmement la jeune femme, en prenant sa veste sur le banc.

Pendant qu'elle s'habillait, Nils garda un silence stoïque. Guy déclara soudain :

— Vous pourrez venir voir Vicki quand vous voudrez, Nils. Mon adresse est dans l'annuaire.

— D'accord... merci.

— Je vais mettre vos bagages dans la voiture. Ne tardez pas trop, ajouta-t-il, avec un ton acide. Au revoir, Nils.

Tout de suite après son départ, Vicki dit vivement :

— Prenez bien soin de vous et, surtout, venez à Seal Cove.

Elle voulait effacer de son visage cette expression douloureusement déconcertée. Elle ajouta :

— Vous vous rappelez la statuette que vous m'avez donnée ? Elle est dans une de mes valises. Je la mettrai dans ma chambre, en souvenir de vous.

Un espoir soudain brilla dans les yeux de Nils, et elle se demanda si elle avait bien fait.

— Je dois partir... Au revoir.

Elle se détournait déjà quand il la reprit dans ses bras et l'embrassa, gauchement, violemment. La surprise l'empêcha de résister.

— Voilà, souffla-t-il d'une voix haletante, stupéfait de sa propre audace. Je revendique un droit sur vous. Soyez prudente, n'est-ce pas, Vic ? Guy ne m'inspire pas bien confiance.

Elle était de son avis, mais elle n'allait pas le lui avouer.

— Ne vous inquiétez pas.

Avec un petit signe de la main, elle sortit et se dirigea en courant vers la voiture de Guy.

6

Guy se pencha pour lui ouvrir la portière.

— J'ai interrompu quelque chose, n'est-ce pas ?

— D'où vous vient cette idée ?

— Je ferais mieux d'avouer : je regardais par la fenêtre.

La consternation la rendit muette une seconde, mais la colère reprit vite le dessus.

— Avez-vous l'habitude d'espionner les gens ?

— Je m'intéresse trop rarement à eux pour cela... Qu'y a-t-il entre Nils et vous, Vicki ?

Elle n'avait pas envie de tergiverser. De toute façon, il lui arracherait la vérité tôt ou tard.

— Il me demandait de l'épouser.

— Et que lui avez-vous répondu ?

— Que, si jamais j'épousais quelqu'un, ce serait lui, lança-t-elle d'une voix tranchante. Mais je l'ai averti aussi que je n'avais pas l'intention de me remarier.

— Une réponse bien équivoque, fit-il suavement.

— Ne vous moquez pas de moi !

— Non seulement équivoque mais fausse, insista-t-il.

— Je n'aurais pas l'idée de mentir à Nils.

— Mais vous allez vous remarier, Vicki... avec moi.

Il semblait concentrer toute son attention sur la route. Après avoir examiné son profil, elle reprit :

— Je vous en prie, cessez de plaisanter. Cela ne m'amuse pas.

Il lui jeta un rapide coup d'œil, vit les yeux bruns troublés, le pli d'incertitude de la bouche.

— Ne croyez pas à une plaisanterie. Je parle sérieusement. Je ne cherche ni à vous taquiner ni à vous bouleverser. Je vous informe de mes intentions.

Elle avait l'impression de se débattre dans des sables mouvants. Elle reprit d'une voix tremblante :

— Cette conversation n'a pas de sens. Je ne vous épouserai pas, Guy, vous devriez le savoir. Pourquoi le ferais-je ?

— Pour mille raisons. Je suis riche, célèbre...

— Cette idée ne m'est jamais venue, et vous le savez !

— Ne négligez pas la question d'argent. Je ne sais pas grand-chose de vous, mais, à mon avis, vous n'êtes pas bien riche. Si l'on sait s'en servir, la fortune est bien utile.

— Si l'on sait s'en servir, répéta-t-elle amèrement.

Elle se rappelait la façon dont Barry avait gaspillé son argent, comme s'il devait durer toujours.

— Pourquoi êtes-vous amère ?

— Peu importe.

— Un de ces jours, vous m'avouerez toute la vérité sur votre mariage.

— Je n'en ai jamais parlé à personne et je ne commencerai certainement pas avec vous.

— Voilà l'ennui, vous avez gardé trop longtemps tous ces souvenirs enfermés en vous, et, maintenant, ils faussent toute votre attitude.

— Pas de psychanalyse, s'il vous plaît !

— Je vous ai percée à jour, n'est-ce pas ?

Les yeux baissés, elle ne répondit pas. Au bout d'un moment, Guy, imperturbable, reprit :

— Je continue à dresser le catalogue de mes vertus. Je suis célèbre. J'ai eu la chance de découvrir un métier que j'aime et je le fais bien. Je ne suis pas, m'a-t-on dit, sans attrait pour les femmes. Je ne fume pas, je ne joue pas. Je bois rarement avec excès. Je serai un époux modèle.

Elle le dévisagea avec irritation.

— Je ne sais jamais quand vous plaisantez et quand vous êtes sérieux !

Il rangea la voiture sur le bas-côté de la route, d'où l'on découvrait l'océan.

— Descendez, commanda-t-il sans cérémonie.

Le vent transperça ses vêtements quand elle s'avança vers le bord de la falaise. A six mètres au-dessous d'elle, les eaux glacées de l'Atlantique se jetaient sur les rochers dans de grands éclaboussements d'écume. Guy la retourna vers lui.

— A propos de ce mariage, je suis parfaitement sérieux, dit-il en élevant la voix pour couvrir le tumulte de l'océan.

— Donnez-moi une seule bonne raison qui puisse me faire croire que vous êtes vraiment sérieux. Je me moque de votre argent et de votre renommée ! ajouta-t-elle.

— Vous êtes sincère, je crois, fit-il lentement.

Son sourire avait une chaleur toute particulière qui vint à bout de ses défenses : Un peu plus tôt, le sourire de Stephen avait eu le même effet. Il poursuivit :

— Vous ne pouvez savoir combien c'est bon à entendre ! Le prix de la gloire, c'est de ne jamais savoir si l'on vous aime par vous-même.

Le plus naturellement du monde, il se pencha vers elle pour l'embrasser. Ses lèvres étaient froides et salées ; pourtant, elle en fut toute réchauffée et se sentit le cœur moins douloureux. Sans le vouloir, elle se laissa aller vers lui. Il lui ôta son bonnet de laine. Le vent s'empara des cheveux de la jeune femme et lui en fouetta le visage. Le baiser de Guy se fit plus exigeant, et ses bras resserrèrent leur étreinte.

Pour Vicki, la réalité était en suspens. Elle oubliait qu'elle répugnait à tout contact. Elle sentait le corps musclé de Guy tout près d'elle et ses doigts s'enfouissaient dans ses cheveux. Miraculeusement, il n'existait plus au monde que ce baiser, tout ce qu'elle avait jamais désiré…

Il la lâcha. Ses yeux contenaient une question qui devint une conviction.

— Vous m'avez dit que vous aviez été mariée, et je dois bien vous croire, dit-il. Mais, j'en jurerais, jamais personne ne vous avait embrassée ainsi…

Elle recula, comme s'il l'avait frappée. Qu'avait-elle fait ? Un sourire, un baiser, et elle s'était trahie.

— Votre avocat a confirmé mes dires...

— Oui. Mais quel genre de mariage était-ce donc ?

Jamais il ne devrait apprendre la vérité.

— J'ai été la femme de Barry pendant plus d'un an.

— Sa femme dans tous les sens du terme ?

Le cœur battant, elle le regarda droit dans les yeux.

— Oui... naturellement.

— Alors, je me suis peut-être trompé. Mais, voyez-vous, Vicki, je viens de vous fournir une autre bonne raison pour notre mariage.

— Laquelle ? demanda-t-elle.

— Je vous désire. Et, quand vous voulez bien oublier votre froideur, vous me désirez aussi.

Elle secoua la tête. Elle voulait effacer de sa mémoire ce moment d'égarement.

— Non, murmura-t-elle. Non, Guy. C'est la pire des raisons pour se marier...

— Alors, donnez-m'en une meilleure !

Elle dit ce qui lui passait par la tête.

— Et l'amour ? Vous n'en avez pas parlé.

Ce fut au tour de Guy de réagir. Elle le vit frémir tout entier. Comme s'il ne pouvait plus lui faire face, il se tourna vers l'horizon.

— Guy... qu'ai-je dit ?

Il rétorqua d'une voix sans timbre :

— Je me suis marié une fois par amour, Vicki. Je ne recommencerai pas.

Une telle sincérité exigeait la réciproque.

— J'ai fait comme vous.

Il arracha son regard aux vagues tumultueuses, pour conclure, d'un ton qui se voulait ironique :

— Nous pouvons donc rayer cette raison de notre liste.

Sans savoir que répondre, elle frissonna.

— Vous avez froid... regagnons la voiture.

Cette fois, il reprit le volant en silence. Son visage avait maintenant une expression lointaine. Livrée à ses pensées, la jeune femme ressassait leur conversation. Ce n'était pas la première fois que Guy annonçait son intention de l'épouser, et il parlait sérieusement, elle en était convaincue. Il ne l'aimait pas... en fait, il devait toujours aimer sa femme morte... Peut-être voulait-il simplement une mère pour son fils... et une femme dans ses bras. Elle s'occuperait de son mieux de Stephen, mais, pour le reste, Guy Travis devrait aller chercher satisfaction ailleurs. Il ne devait pas manquer de candidates qui profiteraient de l'occasion, songea-t-elle avec un cynisme nouveau chez elle. Elle se rappelait trop bien la vigueur de son étreinte, la douceur de son baiser. Jamais, avec Barry, elle n'avait ainsi perdu le sens du temps et du lieu, jamais elle n'avait oublié ainsi toute raison, tout bon sens.

Elle se renversa sur son siège et ferma les yeux.

Une voix la tira d'un rêve confus où se mêlaient la brume, les corbeaux et une paire d'yeux gris.

— Vicki, nous sommes presque arrivés. Réveillez-vous !

Elle se frotta les paupières, étouffa un bâillement.

— Je ne voulais pas m'endormir. Où sommes-nous donc ?

— A deux kilomètres environ de Seal Cove.

Elle contempla avec intérêt la sauvage beauté du paysage. Ils suivaient une route étroite, presque un chemin, qui serpentait dangereusement au bord des falaises. A droite s'étendait l'océan, vaste, vide, apparemment désert. A gauche, des collines aux crêtes rondes, couvertes de maigres sapins et d'arbustes tordus, sillonées de ruisseaux dont les eaux cristallines dégringolaient vers la mer. Une épaisse couche de neige subsistait dans les creux de terrain. De très haut venait le cri plaintif d'une mouette solitaire, et, sur tout cela, planait l'immensité d'un ciel parcouru de nuages.

— Je ne suis jamais venue aussi loin dans le nord, s'écria Vicki, émerveillée. C'est magnifique... mais je me sens bien insignifiante.

— C'est vrai. Toutes nos petites espérances, toutes nos émotions retrouvent leur véritable place, constata Guy avec une amertume qu'elle ne comprit pas.

— Peut-être, dit-elle. Mais, reprit-elle, mi-plaisante

mi-sérieuse, c'est un paysage qui exige de grandes émotions. La passion, la tragédie, un immortel amour...

Elle se tut soudain, souhaitant n'avoir rien dit.

Il freina brutalement, et elle fut projetée en avant.

— Ainsi, vous le sentez, vous aussi.

Il la regardait bien en face, et une lueur de triomphe brillait dans ses yeux.

— Je le savais. Vous cachez beaucoup de choses, n'est-ce pas ?

— C'est vrai pour la plupart des gens.

— Chez vous plus que chez d'autres. Ce calme, cette froideur, ce détachement... tout cela n'est qu'une façade. Vous êtes une femme passionnée, vibrante, sensible. Je vais vous ramener à la vie, Vicki...

— Vous est-il venu à l'idée que je pouvais être heureuse comme je suis ?

— Heureuse ? Vous ignorez le sens de ce mot !

— Vous êtes d'une insupportable arrogance ! Vous me connaissez depuis moins d'un mois et vous vous arrogez le droit de me dicter ma conduite et mes sentiments. Pour qui diable vous prenez-vous ?

Le regard de Guy s'attardait sur les lueurs dorées qui dansaient dans ses yeux, sur la rougeur qui colorait ses joues. Tout à coup, il prit sa tête entre les mains et chercha ses lèvres.

Elle lutta désespérément pour conserver ce calme et cette froideur dont il l'avait accusée. Mais c'était impossible. Pareille à de l'amadou au contact d'une étincelle, elle fut consumée par ce feu qui la dévorait. Elle se retrouva entre les bras de Guy ; ses mains caressaient ses épaules, son cœur battait contre le sien. Elle ne supportait pas l'idée de voir cette étreinte se prolonger, mais elle ne supportait pas non plus l'idée de la voir cesser...

Il cessa pourtant. Guy s'écarta, triomphant.

— Je peux faire de vous ce qu'il me plaira, Vicki, déclara-t-il d'une voix rauque. Inutile de lutter. Vous étiez destinée à être ma femme et vous le serez.

Dans le corps de la jeune femme, le tumulte s'apaisait lentement. Un dernier sursaut, et le feu mourut ; il n'en resta plus que des cendres froides.

— Non, murmura-t-elle. Je ne vous laisserai pas faire...

— Vous ne pouvez pas m'en empêcher.

Sans trop savoir ce qu'elle faisait, elle chercha à tâtons la poignée de la portière.

— Je veux rentrer chez moi, gémit-elle comme une enfant.

— Vous êtes chez vous, répondit-il en désignant d'un grand geste la grandiose solitude des collines et de l'océan. Partout où je serai, vous serez chez vous.

Non, non, non... Le mot résonnait en elle comme une mélopée.

— Je ne peux pas rester avec vous, Guy...

Il lui serra cruellement le poignet.

— Vous avez fait une promesse à Stephen.

— Oui, je sais. Mais je ne vous ai rien promis à vous. Laissez-moi tranquille, Guy, je vous en prie...

Toute fierté oubliée, elle joignait les mains, suppliante.

Il mit le contact, et le moteur vrombit.

— Non.

Elle était prise au piège. A cause de Stephen, elle ne pouvait obéir à l'instinct qui lui commandait de fuir.

— Guy, reprit-elle, en s'efforçant de prendre un ton convaincant, je ne veux pas décevoir Stephen. Mais, si vous persistez à... à m'importuner, je n'aurai pas le choix. Je devrai partir. Est-ce clair ?

— Après le prochain virage, vous apercevrez la maison.

— Oh ! Vous n'avez donc pas entendu ?

— Mais si... Voilà. Qu'en pensez-vous ?

La route descendait vers une anse abritée, bordée d'une étroite bande de sable et d'un quai goudronné. Un voilier blanc dansait doucement sur la vague. Au-dessus de la petite plage se dressaient des falaises de granit ; un terrain découvert s'étendait avant la forêt. Dédaignant la protection des arbres, la maison s'élevait sur la falaise elle-même. Elle était construite en bois, dont le gris argenté s'insérait tout naturellement dans le paysage, comme les rochers et les arbres.

C'était un édifice qui exprimait un défi mais, en même

temps, un effort pour s'intégrer à un environnement dur, cruel. Guy connaissait la cruauté de l'existence mais il était capable d'en tirer de l'harmonie, de la beauté... La jeune femme exhala un petit soupir.

— Je n'ai jamais vu de demeure aussi magnifique. L'architecte devait avoir du génie.

Il eut un rire modeste.

— A vrai dire, je l'ai conçue moi-même en grande partie... mais, naturellement, j'ai dû avoir recours à un homme du métier pour traduire mes idées en plans précis. Je suis heureux qu'elle vous plaise.

— J'ai hâte de voir l'intérieur, dit-elle.

Ils entrèrent par une porte de côté et suivirent un long passage voûté.

— Allons mettre vos valises dans votre chambre, proposa-t-il. Je vous ferai ensuite visiter le reste. Je vous ai logée près de moi ; la chambre de Stephen est en face. Je pensais que vous aimeriez entendre le bruit de l'océan.

Il poussa une porte, et elle le précéda dans la pièce.

Tout un mur était fait de grands panneaux de verre. Les rideaux blancs étaient ouverts, et la vue superbe sur les falaises et sur la mer faisait partie intégrante de la chambre, au même titre que le tapis ivoire étendu sur le parquet de chêne sombre et la cheminée de pierre. Le grand lit était couvert d'une courtepointe d'un rose profond, et les fauteuils étaient tendus d'un brocart crème et rose.

— La salle de bains est par ici, expliqua Guy. Vous disposez de vastes placards. Dans l'alcôve, des rayonnages de livres et un bureau. Serez-vous bien installée ?

— Que désirer d'autre ? souffla-t-elle. Je n'ai jamais eu de chambre aussi belle !

— Tant mieux. Venez : je vais vous montrer...

Une porte claqua ; des pas résonnèrent.

— Papa ! Vicki est-elle venue ?

— Elle est là.

Stephen se précipita dans la pièce.

— Bonjour, Vicki ! J'ai amené des amis pour faire ta connaissance. Ils attendent dehors.

Il lui prit la main, et, en riant, elle se laissa conduire

jusqu'à la porte de derrière où elle fut cérémonieusement présentée à deux autres petits garçons : Tony et Andrew Hunter, tous deux roux et tous deux pareillement vêtus.

— Leurs parents habitent à huit cents mètres d'ici, indiqua Guy. Carole viendra sûrement vous voir demain.

— Y a-t-il du maïs pour faire des pop corn ? demanda Vicki, sous le coup d'une inspiration soudaine.

Bientôt, ils étaient tous réunis dans une cuisine pleine de chaleur et de bavardages, et la jeune femme, suprêmement heureuse, oublia tous ses doutes : elle avait trouvé sa place. Près de l'évier, Guy posait sur elle un regard impénétrable.

Le reste de la journée s'écoula dans un tourbillon d'activités : le repas à préparer, les devoirs de Stephen, son bain. Après le dîner, Vicki s'assit sur le lit du petit garçon, pendant que Guy lui lisait une histoire où il était question de galions et de pirates.

— Bonne nuit, Vicki, murmura enfin Stephen dont les yeux se fermaient. Bonsoir, papa.

Il passa les bras autour du cou de son père, et la jeune femme sentit sa gorge se serrer. On ne pouvait douter de l'amour entre père et fils.

Barry n'avait jamais voulu d'enfants, mais il n'avait pas possédé la solidité de Guy, son sens des responsabilités, son don pour maintenir une relation durable.

On lui secoua l'épaule. Elle battit des paupières : elle avait été bien loin de la chambre de Stephen, avec son tapis rouge vif et son papier de tenture gaiement décoré. Elle se leva et sortit avec Guy. Dans le couloir, il se tourna vers elle.

— Je vais vous aider à faire la vaisselle. Vous avez l'air épuisée.

— Vous êtes un bon père, remarqua-t-elle, l'esprit ailleurs.

— Pourquoi me dites-vous cela ?

— Oh, je vous regardais avec Stephen. Il a de la chance.

— Vous n'avez jamais eu d'enfant ?

— Non, répondit-elle d'un ton bref. J'ai été mariée un an seulement, ajouta-t-elle.

Il la guida vers la cuisine. Sans doute, songea-t-elle par la suite, n'avait-il pas voulu que l'enfant les entendît.

— Mais vous en vouliez? reprit-il. Vous seriez une mère parfaite, j'en suis sûr.

— Merci, répondit-elle avec un léger sourire. Je ferai certainement de mon mieux avec Stephen.

— Je le sais... Nous venons de trouver une autre raison valable pour nous marier.

Sans comprendre, elle leva les yeux vers lui.

— Vous pourriez avoir un bébé, Vicki. Le nôtre. Un frère ou une sœur pour Stephen.

Elle pâlit. Il la tenait toujours par l'épaule, et elle tenta vainement de se dégager.

— Vous êtes fou! murmura-t-elle. Je ne pourrais pas...

— Pourquoi?

— Parce que... parce que... Oh, on croirait entendre parler d'un de ces mariages de convenance! Les gens n'agissent plus ainsi, de nos jours!

— Qui pourrait nous en empêcher? s'enquit-il en laissant glisser ses mains le long de ses bras, jusqu'à sa taille. J'aimerais vous donner un enfant, Vicki.

Elle devint écarlate, mais le calme de cette voix l'hypnotisait; elle était incapable de faire un geste. Elle ferma les yeux... Sentir vivre en elle l'enfant de Guy, porter en elle une vie créée à deux, tenir dans ses bras son fils ou sa fille... L'enfant de Guy...

Elle sentit contre ses cheveux le visage de son compagnon; la tiédeur de ses lèvres descendit le long de sa joue, jusqu'à sa bouche. Il l'attira contre lui, et, sans même y penser, elle l'entoura à son tour de ses bras. Leur baiser parut sans fin. Elle s'accrochait désespérément à Guy: s'il l'avait lâchée, elle serait tombée. Puis il caressa sa gorge, son cou, et elle faillit s'abandonner tout entière à la vague de passion qui l'envahissait.

Quelque chose la retint. Soudain, elle se débattit, le supplia de la laisser aller. S'il l'avait voulu, elle se serait trouvée totalement à sa merci. Mais il la lâcha aussitôt et recula. Quand il parla, et alors seulement, elle comprit qu'il était furieux.

— Vous continuez à fuir, Vicki ? Vous préférez la lâcheté ?

La colère s'empara d'elle à son tour.

— Ainsi, c'est de la lâcheté, si je me débats dès que vous me touchez ? Si je me conduisais ainsi, vous me traiteriez de femme facile et de tous ces noms affreux qu'emploient les hommes qui...

— Taisez-vous ! J'ai horreur de ces mots, tout comme vous ! Non, Vicki, vous êtes lâche parce que vous ne voulez pas vous fier à vos émotions, à vos réactions. Quand je vous épouserai, nous ne ferons pas chambre à part, soyez-en certaine. Vous partagerez mon lit, comme vous avez partagé celui de Barry ! Cessez donc de vous conduire comme une adolescente !

Au prix d'un effort qui la laissa épuisée, elle réprima un éclat de rire hystérique.

— Malheureusement, je persiste à repousser votre demande en mariage... et plus encore toute autre proposition, riposta-t-elle froidement, mais d'une voix qui tremblait. Et maintenant, si vous voulez bien m'excuser, je vais remettre la cuisine en ordre avant d'aller me coucher. Je suis très fatiguée.

— Pas de migraine ? demanda-t-il d'un ton sarcastique. C'est le prétexte classique.

— Je n'ai pas besoin de prétextes. Nous ne sommes pas mariés...

— Pas encore.

Ces deux mots contenaient une subtile menace. Elle battit en retraite et entreprit d'empiler les assiettes sales dans l'évier.

— Laissez, dit-il. Je vais m'en occuper.

— Non, je...

— Allez vous coucher, Vicki. Vous devrez vous lever à sept heures si vous voulez préparer Stephen pour l'école.

Il lui tourna le dos. Elle maîtrisa une envie infantile de lui faire une grimace et gagna sa chambre. Quel homme exaspérant ! Il était sûr qu'elle finirait par capituler. Il employait une technique d'érosion... l'eau usait lentement la pierre. Un beau jour, elle finirait par céder, pour le faire tenir tranquille.

Elle s'approcha de la fenêtre pour tirer les rideaux. Il faisait nuit. Dans le ciel sans nuages, les étoiles scintillaient. Elle entendait le va-et-vient régulier des vagues sur la plage, et, sur le cap lointain, le faisceau d'un phare s'allumait, s'éteignait...

Elle appuya son front sur la vitre froide. Guy possédait le don d'éveiller en elle une intensité de sentiments toute nouvelle. Elle était consumée par la colère, par le désir, par la joie, et cela lui faisait peur, plus que tout ce qu'il pouvait dire ou faire. Une autre Vicki était en train de naître, une femme dont elle avait ignoré l'existence, une créature de feu et de passion que n'auraient reconnue ni sa famille ni Barry.

Qu'avait donc Guy, pour la transformer dès qu'elle était avec lui ? Elle se sentait plus vivante, plus féminine.

Elle s'écarta de la fenêtre, se déshabilla et demeura un moment nue devant la grande glace fixée à la porte de la garde-robe. Guy la trouvait belle, il la désirait. Forte de cette certitude, elle commençait à se rendre compte de sa propre séduction.

Confuse, tout à coup, elle saisit sa chemise de nuit, la passa et se mit au lit. Elle avait laissé les rideaux ouverts, afin de perdre son regard dans l'obscurité sans limites et d'entendre le rythme des vagues, obsédant, apaisant.

Quelques minutes plus tard, elle dormait.

Tous les mois, chez vous, vivez la grande aventure de l'amour, *avec* Harlequin Romantique

Abonnez-vous et recevez en CADEAU ces 4 romans tendres et émouvants!

Que feriez-vous à la place de...

...Sophie?

Un baiser furtif, volé par un bel inconnu, a longtemps inspiré les rêves de Sophie. Mais voilà que l'inconnu revient, en chair et en os. Sophie va-t-elle lui rappeler ce baiser? Pour le savoir, lisez "Un inconnu couleur de rêve", le roman passionnant d'Anne Weale.

...Emily?

"Je ne me marierai jamais" avait-elle toujours affirmé. Mais voilà qu'un homme possessif, jaloux et dominateur croise son chemin. Emily le repoussera-t-elle ou laissera-t-elle se dénouer son destin? Partagez son délicat dilemme en lisant "Entre dans mon royaume", d'Elizabeth Hunter.

...Venna?

"Venna, ne tombez jamais amoureuse...ça fait trop mal." Venna pourra-t-elle suivre ce conseil lorsqu'elle sera recueillie par Roque, le Brésilien aussi dur que son prénom? Laissez-vous envoûter par le climat mystérieux de "Naufrage à Janaleza", de Violet Winspear.

...Pénélope?

"Je serais ravi de vous voir partir." Resteriez-vous auprès d'un homme qui vous parlerait ainsi? Pourtant, Pénélope ne quittera pas Charles. Vous comprendrez pourquoi en partageant ses sentiments les plus intimes, dans "Les neiges de Montdragon", d'Essie Summers.

S ophie, Émily, Venna, Pénélope...autant de femmes, autant de destins passionnants que vous découvrirez au fil des pages des romans Harlequin Romantique. Et vous pouvez vivre, avec elles et comme elles, la grande aventure de l'amour, sans sortir de chez vous.

Il suffit de vous abonner à Harlequin Romantique. Et vous serez ainsi assurée de ne manquer aucune de ces intrigues passionnantes, et de vivre chaque mois des amours vrais et sincères.

Abonnez-vous dès maintenant à Harlequin Romantique

...la grande aventure de l'amour!

- Ne manquez plus jamais un titre.
- Recevez vos volumes dès leur publication.
- Chacun vous est envoyé à la maison, sans frais supplémentaires.
- Les 4 livres-cadeaux sont à vous tout à fait GRATUITEMENT!

Correspondance-réponse d'affaires
Se poste sans timbre au Canada
Le port sera payé par

Service des Livres
Harlequin
Stratford (Ontario) N5A 9Z9

7

Vicki ouvrit les yeux et fut éblouie par le soleil. Au pied de son lit, un petit garçon en pyjama s'agitait avec frénésie.

— Réveille-toi ! C'est l'heure du petit déjeuner. Tu fais un gâteau au chocolat, aujourd'hui ?

Elle tendait la main vers sa robe de chambre quand Guy entra avec une tasse de thé sur un plateau. Il la lui posa sur les genoux. Il était déjà habillé, et elle sentit le parfum de sa lotion d'après-rasage. Les yeux baissés, elle but une gorgée de thé.

— Je vais me lever, dit-elle. Il faut te préparer un déjeuner pour l'école, je crois, Stephen ?

— Je m'en occuperai, le temps que vous preniez vos habitudes, intervint Guy. Viens, Steve.

Il s'attarda sur le seuil pour chuchoter à voix basse :

— Je suis heureux de constater que vous êtes tout aussi ravissante dès le matin...

La luminosité faisait briller ses cheveux bruns, soulignait l'ossature énergique de son visage, les contours virils du long corps mince. Trop clairement, elle se rappelait le contact de ce corps contre le sien. Comme s'il lisait dans sa pensée, il laissa errer son regard sur le doux renflement de sa poitrine, sous le fin tissu. Elle se sentit rougir.

— Fermez la porte en sortant, s'il vous plaît, lança-t-elle.

Après son départ, elle sauta du lit et, pour chasser le

77

souvenir de ses yeux moqueurs, pensa à toutes les tâches qui l'attendaient ce jour-là...

Elle fit un dernier signe d'adieu à Stephen qui courait pour attraper le car scolaire. Durant les derniers instants d'activité fébrile, Vicki avait pris le temps de se demander ce qui allait se passer quand elle et Guy se retrouveraient seuls dans la maison. Il se versa une seconde tasse de café et déclara :

— Je travaille jusqu'à midi dans mon bureau. Après déjeuner, je vais faire une promenade et je me remets ensuite à l'ouvrage jusqu'à l'heure du dîner. On ne doit pas me déranger, sauf si la maison est en flammes, ou s'il arrive quelque chose à Stephen. C'est bien compris ?

Elle hocha docilement la tête, curieusement soulagée et déçue à la fois de le voir sortir de la cuisine.

Elle explorait tous les placards, afin de se familiariser avec la place de chaque objet, quand on frappa à la porte. Une voix féminine cria gaiement :

— Y a-t-il quelqu'un ?

Vicki sourit en voyant les cheveux de la visiteuse, d'un roux flamboyant : c'était certainement Carole Hunter, la mère de Tony et d'Andrew.

— Bonjour, dit-elle. Je suis Vicki Peters, et vous devez être madame Hunter.

Carole s'immobilisa et s'exclama :

— Alors, c'est vous, Vicki ? Les garçons sont désespérants ! A entendre la description de Tony, je vous croyais âgée de quarante ans. Vous ne devez pas en avoir plus de vingt et un et vous êtes éblouissante !

Elle poursuivit avec un sourire engageant :

— Ne m'en veuillez pas d'être si directe. Philip, mon mari, prétend que je parle toujours avant de réfléchir. Cela ne vous dérange pas, j'espère ? Puis-je entrer ?

Vicki retrouva enfin l'usage de la parole.

— Mais oui, bien sûr. Asseyez-vous.

Elle venait de se rendre compte que Carole était enceinte de huit mois, au moins.

— Merci. Je suis venue à pied : je dois prendre le plus d'exercice possible, d'après mon médecin. Il me reste trois semaines. J'ai fait deux fausses couches depuis la naissance d'Andrew ; et j'essaie d'obéir à la lettre à toutes ses instructions. Nous espérons avoir une fille. J'ai tout tricoté en rose. Croyez-vous que cela marchera ?

— Je l'espère pour vous, fit Vicki, amusée. Avez-vous droit à une tasse de thé ?

— Oui, Dieu merci ! Parlez-moi de vous, Vicki. Nous savons comment vous avez sauvé Stephen. Vous êtes très courageuse. De quel signe êtes-vous ?

— De quel signe ? répéta Vicki, déroutée par la conversation décousue de Carole.

— Vous savez bien... L'astrologie. Les horoscopes.

— Ah ! Du Taureau, je crois.

— Quand tombe votre anniversaire ?

— Dans quinze jours, exactement.

— Guy est du Lion. Vous êtes compatibles.

— Ah non, par pitié ! Pas vous.

Vicki regrettait déjà ces paroles hâtives. Elle sortit bruyamment du placard les tasses et les soucoupes et versa du lait dans un pot. Mais Carole s'était méprise sur sa déclaration.

— Stephen aimerait vous voir rester définitivement, je suppose ?

— Je dois passer aujourd'hui le test décisif... avec un gâteau au chocolat, ajouta Vicki d'un ton léger.

— A mon avis, déclara Carole en riant, ils ont bien de la chance, l'un et l'autre, de vous avoir. Stephen a besoin de la présence d'une femme... et Guy aussi, peut-être. Mais aurez-vous assez à faire, ici ? Mme Sampson vient faire le ménage, la lessive, tous les gros travaux.

— Oui, Guy m'en a parlé.

— Il va falloir vous trouver une occupation.

Vicki s'était déjà prise de sympathie pour Carole. Elle risqua timidement :

— Je l'ai déjà : j'écris un livre pour enfants et je l'illustre moi-même.

— Deux écrivains sous le même toit ? Quelle merveille !

— Guy n'est pas au courant, et je n'ai pas l'intention de le lui montrer. Il est célèbre, et c'est mon premier essai...

— Et alors ? Lui aussi a été dans le même cas.

— Oui, vous avez peut-être raison… Du sucre ?

— Non, j'essaie de limiter ma consommation.

Elles parlèrent de régimes, de recettes de cuisine et des toutes dernières modes. Finalement, Carole se leva.

— Je ferais bien de me remettre en route. Je ne marche pas très vite, ces temps-ci ! Venez me voir, vous me feriez grand plaisir.

— Je viendrai. Merci, dit la jeune femme, heureuse de s'être fait une amie.

Avec une facilité surprenante, les journées de Vicki s'organisèrent. Elle devait simplement préparer les repas et s'occuper de Stephen. C'était facile : le lien entre eux s'était encore resserré. Elle voyait très peu Guy, qui travaillait à un nouveau roman. Chaque soir, une fois Stephen couché, il retournait s'enfermer dans son bureau, et elle entendait cliqueter la machine à écrire. Il avait envers elle une attitude amicale mais distante, et elle se demandait parfois si elle avait rêvé sa demande en mariage. Elle avait voulu venir en qualité de femme de charge, songeait-elle avec ironie ; elle ne devait pas se plaindre s'il la traitait comme telle.

Par chance, elle avait Stephen pour distraire ses pensées et elle voyait souvent Carole. Elle avançait aussi son livre. Souvent, l'après-midi, pendant qu'une tarte cuisait au four ou qu'un plat mijotait sur la cuisinière, elle étalait ses papiers sur la table de la cuisine et se plongeait dans une histoire qui, pour elle, devenait au fur et à mesure plus réelle. Un jour, Guy entra à l'improviste et dut élever la voix pour se faire entendre.

— Que faites-vous ? demanda-t-il.

Elle rougit, en rassemblant les feuillets couverts de son écriture régulière.

— Oh… rien.

— Allons ! Je vous ai posé une question.

— J'essaie d'écrire un conte, rétorqua-t-elle avec humeur. Pour enfants.

Les lèvres de Guy prirent un pli sévère.

— Carole y avait fait allusion, mais je pensais qu'elle se trompait : pourquoi ne m'en auriez-vous pas parlé ?

Sans doute, reprit-il, cynique, est-ce la raison de votre présence ici : travailler pour Paul Tarrant pourrait être utile à un jeune auteur.

— Vous êtes odieux ! Je serais bien la dernière à me servir de vous ainsi !

— Alors, pourquoi ce secret ? Ne pouviez-vous pas me faire un peu confiance ?

Elle l'avait blessé, se dit-elle, stupéfaite. Elle repoussa sa chaise et s'approcha de lui.

— Ce n'est pas par manque de confiance en vous, tout au contraire. Si je ne vous ai pas montré mon manuscrit, c'est justement parce que je vous fais toute confiance : si vous le trouviez mauvais, je serais sûre que vous avez raison. Ne comprenez-vous pas ?

— Voulez-vous me le faire voir ?

Elle rassembla tout son courage.

— Oui.

— Merci. Je vais le lire dès maintenant. Depuis dix heures, ce matin, je suis bloqué sur ma page quatre-vingt-onze. C'est précisément ce dont j'ai besoin, fit-il. Il y a de la tarte aux pommes pour le dessert ? Bravo !

Et il s'en fut. Vicki prépara le repas du soir, mit le couvert, admira la composition d'anglais de Stephen et bavarda avec les deux petits Hunter. Mais elle avait l'esprit ailleurs. Elle retirait le rôti du four quand Guy revint, le manuscrit à la main, le visage grave. Le cœur lui manqua : il n'avait pas aimé son histoire, il allait le lui dire. Le plat lui brûlait les doigts, à travers les gants ; elle le posa vivement.

— Depuis combien de temps écrivez-vous ? questionna-t-il avec curiosité.

— Je composais de courtes nouvelles quand j'étais adolescente, à la ferme. Mais c'est ma première tentative sérieuse.

— Je vois. Vous êtes décidément une créature mystérieuse.

Il posa les feuillets sur la table.

— Je viens de découvrir tout un aspect de vous dont j'ignorais l'existence. Je me demande combien de surprises vous me réservez encore.

Elle ne put attendre plus longtemps.

— Mais le roman ?... Qu'en pensez-vous ?

— C'est ce que j'essaie de vous dire. C'est bon... très bon, et vos illustrations sont parfaites. Oh, il y a des petits détails à revoir, çà et là, mais, dans l'ensemble, il faut le garder tel qu'il est.

— Cela vous a plu ? s'exclama-t-elle en se laissant tomber sur la chaise la plus proche. C'est bien vrai ?

— Je connais l'éditeur à qui nous l'enverrons.

— Il pourrait être publié ?

— Naturellement. Nous écrivons dans ce but, il me semble.

— Oh, Guy...

Son visage était animé, ses yeux brillaient de joie.

— Venez un peu ici.

Elle crut qu'il voulait lui montrer quelque chose sur le manuscrit et s'approcha de lui en souriant.

Le baiser commença très doucement, et son premier mouvement de résistance instinctive s'apaisa aussitôt. Parce qu'elle était heureuse et surexcitée, toute la générosité de sa nature, étouffée depuis tant d'années, refit surface ; elle se blottit contre lui et répondit avec une ferveur qui dut les surprendre l'un et l'autre. Il resserra son étreinte.

Des pas résonnèrent sur le perron.

— Papa, tu as vu mon... Oh !

Vicki voulut se dégager, mais Guy la tenait fermement par la taille, et elle ne pouvait rien faire sans se débattre ouvertement. Elle se tourna vers la porte, écarlate. Trois paires d'yeux la contemplaient avec intérêt : Stephen, Tony et Andrew.

Avec toute la franchise d'un enfant, Stephen demanda :

— Tu vas épouser Vicki, papa ? Quelquefois, M. Hunter embrasse Mme Hunter, et ils sont mariés... Ce serait bien : Vicki resterait ici toujours, après, n'est-ce pas ?

— Cela te plairait ? questionna Guy.

Ses yeux gris étaient sérieux.

— Oh, oui, alors !

— Nous y réfléchirons. Moi aussi, ça me ferait plaisir.

Il observa avec malice la jeune femme qu'il retenait entre ses bras.

— Il nous reste seulement à convaincre Vicki.

— Je vous souhaite bonne chance ! siffla-t-elle, furieuse. Vous êtes absolument impossible !

— Nous aurons peut-être un peu de mal à la persuader, Stephen, fit Guy, négligemment, mais nous y parviendrons. Et maintenant, Tony et Andrew devraient rentrer chez eux, s'ils ne veulent pas être en retard pour dîner. Moi, je vais découper le rôti. Allez-vous faire de la sauce, Vicki ?

Après l'avoir demandée en mariage, il réclamait de la sauce ! La scène tournait rapidement à la farce, mais elle perdrait son temps à discuter davantage. Elle prit la boîte de farine et une cuiller de bois. Mais, quand Stephen raccompagna ses amis, elle murmura :

— Vous rendez-vous compte de ce que vous avez fait ? Stephen pense que nous allons devenir mari et femme !

Guy éprouvait sur son pouce le tranchant de la lame.

— Je n'ai jamais promis de jouer franc jeu... Stephen, ferme la porte et verse de l'eau dans les verres.

Elle ne ferait pas de scène devant l'enfant, il le savait trop bien. De toute façon, il était trop tard.

La soirée se déroula comme toutes les autres : les devoirs de Stephen, le rituel habituel du coucher, la retraite de Guy dans son bureau. Sous l'emprise d'une curieuse déception, Vicki regagna sa chambre plus tôt que d'ordinaire et lut jusqu'au moment où elle fut assez fatiguée pour s'endormir.

Le lundi suivant était l'anniversaire de Vicki. A son habitude, dès son réveil, elle alla contempler l'océan. Le ciel était d'un bleu limpide, et le soleil se reflétait sur l'eau. Elle avait vingt et un ans mais elle avait vieilli prématurément plus de deux ans auparavant, quand elle avait connu la souffrance d'une totale désillusion. Ce jour n'avait rien de particulier. Par bonheur, personne n'était au courant...

Ce soir-là, elle entamait les préparatifs du dîner quand Guy entra dans la cuisine.

— Laissez tout cela, ordonna-t-il. Sortons un peu : il fait trop beau pour rester enfermé.

— Mais Stephen ne va pas tarder à rentrer.

— Il va jouer chez les Hunter, après l'école.

— Attendez-moi ; je vais chercher un lainage.

Elle revint, vêtue d'un gros pull-over qui mettait en valeur la longueur de ses jambes fuselées et la fragilité de ses poignets et de ses mains.

Ils gravirent la pente herbue, derrière la maison. Un oiseau chantait dans les bois, loin au-dessous d'eux, des mouettes se disputaient avec des cris perçants pour quelques débris abandonnés par la marée. Guy s'engagea dans un étroit sentier ouvert dans un fouillis de buissons. Il marchait vite, et Vicki avait du mal à le suivre. Au bout d'une heure, ils parvinrent enfin au sommet de la colline, où de gros rochers gris et lisses étaient exposés aux quatre vents. Guy s'arrêta, s'assit par terre.

— J'aime cette vue, murmura-t-il.

Vicki s'installa près de lui et chercha son souffle en regardant autour d'elle. Ils auraient pu se trouver au sommet du monde : ils n'avaient au-dessus d'eux que la pâle voûte du ciel. Derrière eux, les antiques collines et les vallées habillées d'arbres s'étendaient à perte de vue. Devant eux, c'étaient la pente abrupte qu'ils venaient d'escalader, les hautes falaises nues et l'étendue miroitante de la mer. Elle leva le visage vers le soleil, heureuse de s'abandonner à sa chaleur. Au bout d'un moment, elle se tourna vers Guy.

Il s'était allongé sur l'herbe entre deux rochers, la tête appuyée sur sa veste pliée. Il avait les yeux fermés, sa respiration était régulière : il s'était assoupi. Elle posa la joue sur ses genoux et le contempla pensivement. Quelques semaines plus tôt, elle ignorait son existence, mais il avait transformé sa vie, et elle ne pourrait jamais redevenir la Vicki d'antan. Elle devait enfin le reconnaître : elle était attachée à cet homme par des liens qui devenaient de plus en plus forts.

Il y avait d'abord Stephen. Elle le sentait : il l'aimait

déjà d'un amour égal au sien. Il y avait ce paysage, dont la grandeur et la beauté sauvage éveillaient en elle une réponse involontaire. Enfin, il y avait Guy, aux yeux duquel elle était belle. Guy qui, par-delà ses défenses, voyait la femme prête à sortir de sa chrysalide et qui désirait cette femme. Elle se tourna de nouveau vers le visage endormi. Elle serait incapable de le quitter, se dit-elle, comme elle serait incapable de quitter Stephen, et pour la même raison : elle l'aimait... Elle l'aimait d'un amour qui faisait partie d'elle-même, comme les battements de son cœur et le sang qui courait dans ses veines.

Cette découverte la plongea dans la stupeur. Elle aimait Guy ! Elle voulait ne jamais le quitter. Elle serait heureuse de passer près de lui le reste de sa vie. Cette pensée fit naître en elle un désir plus immédiat : être physiquement près de lui pour savourer cette certitude nouvelle. Et pourquoi pas ? Il dormait. Avec précaution, elle se laissa glisser jusqu'à lui et s'allongea. Couchée sur le côté pour mieux le voir, elle posa doucement une main sur sa hanche. Jamais encore elle ne l'avait touché volontairement. Comme de leur propre volonté, ses doigts glissèrent sous le pull-over, trouvèrent la tiède douceur de la peau. Elle ferma les yeux et, pour la première fois de sa vie, elle eut conscience d'avoir enfin trouvé le bonheur...

Quand elle ouvrit les yeux, son regard plongea dans celui de Guy. Elle voulut retirer sa main, restée sous le pull-over, mais il l'emprisonna d'un bras en travers de son corps et nicha son visage au creux de son épaule, dans la chevelure soyeuse. Il l'embrassa avec une sensualité nonchalante qui l'inclina d'abord à la soumission et l'amena ensuite à jouir plus franchement de son contact, de la lente exploration de ses lèvres et de ses doigts.

Guy parla le premier. Il murmura contre son oreille :

— J'aimerais bien continuer, mais nous devrons en rester là pour le moment. Stephen va bientôt rentrer.

— Oh, Guy... je n'ai rien préparé pour le dîner !

— Nous trouverons bien quelque chose.

Il se leva et lui tendit la main. Ils prirent le chemin du retour. Quand la maison fut en vue, Vicki s'écria :

— Oh, regardez : la voiture de Philip est là ! Il a dû ramener Stephen. Dépêchons-nous.

Philip, le mari de Carole, était un homme grand, maigre, barbu, de quelques années l'aîné de sa femme : il possédait le sens de l'humour et adoptait une attitude nonchalante, sauf en ce qui concernait son métier de potier pour lequel il se montrait un perfectionniste à outrance.

Guy et Vicki se mirent à courir, de plus en plus vite à cause de la pente de la colline. Quand ils arrivèrent à la porte de derrière, la course et le rire leur avaient coupé le souffle. Guy poussa la jeune femme devant lui dans la cuisine, et la pièce lui parut soudain pleine de gens qui chantaient « Bon anniversaire ». Sur la table trônait un superbe gâteau couronné de bougies. Vicki se laissa tomber sur une chaise à côté de Guy.

— Comment... comment avez-vous su ? murmura-t-elle.

— C'est vous qui me l'avez dit ! claironna Carole. Vous ne vous rappelez pas ? Nous parlions d'horoscopes. Je m'en suis souvenu, j'en ai parlé à Guy, et nous avons tout arrangé. Tout est prêt. Vous êtes l'invitée d'honneur et vous n'aurez le droit de rien faire !

Partagée entre le rire et les larmes, Vicki déclara :

— Personne n'a jamais fait pour moi rien de semblable. Oh, mon Dieu, qui pourrait me prêter un mouchoir ?

Guy lui passa le sien.

— Après cela, vous auriez intérêt à souffler les bougies, fit-il en souriant. Sinon, elles vont couler sur le gâteau.

Vicki s'essuya les yeux et, à la grande admiration des enfants, souffla d'un coup toutes les bougies. Stephen s'écria :

— Ouvre tes cadeaux, maintenant. Il y en a un de moi !

Il y eut bientôt sur la table une multitude de papiers et de rubans. Carole et Philip lui avaient offert un ravissant caftan de soie turquoise brodée ; Tony et Andrew, une boîte de chocolats. Stephen lui avait fabriqué de ses mains une étagère à épices, et elle le remercia chaleureu-

sement. Elle avait laissé pour la fin le cadeau de Guy.
Quand elle écarta le papier, elle découvrit un écrin plat.
Les mains tremblantes, elle en souleva le couvercle. Sur
un lit de satin blanc reposait une fine chaîne d'or d'où
pendait un diamant en forme de goutte d'eau qui
scintillait à la lumière.

— Oh, Guy, souffla-t-elle, c'est merveilleux !

Comme s'ils avaient été seuls dans la pièce, il
répondit :

— Il m'a rappelé l'éclat de vos yeux quand vous êtes
heureuse. Laissez-moi l'agrafer.

Elle baissa la tête et sentit ses doigts lui soulever les
cheveux. Il lui fallut un long moment. Elle se redressa ;
Carole et Philip les observaient tous les deux avec des
sourires entendus. Vicki rougit.

— C'est ravissant, Guy. Merci, dit-elle timidement.

Elle se souleva de sa chaise pour l'embrasser sur les
lèvres. En s'écartant de lui, elle vit dans ses yeux une
lueur soudaine.

— Dans combien de temps dînons-nous, Carole ?
demanda-t-elle d'une voix un peu haletante.

— Dans une demi-heure environ.

— Puisque vous m'offrez une réception, je vais me
changer, annonça Vicki.

Elle sortit vivement. En passant devant la salle à
manger, elle vit la table chargée de porcelaines et de
cristaux, et, une fois encore, sa gorge se serra : c'était
Carole qui s'était donné tout ce mal ; Carole, enceinte de
huit mois, avec toute une famille à charge, avait trouvé
assez de temps et d'énergie pour organiser cette surprise
pour une nouvelle amie.

Il ne lui fallut pas longtemps pour décider de sa
toilette. Elle choisit une robe qu'elle s'était faite elle-
même, dans un souple lainage blanc : jupe large, étroitement ceinturée, et longues manches resserrées aux poignets. La goutte de diamant était parfaite dans l'échan-
crure profonde du décolleté. Elle se fit un chignon bas
sur la nuque, mit des sandales à hauts talons, vaporisa un
peu de parfum sur sa gorge et sur ses poignets. Sur le
point de sortir de sa chambre, elle s'arrêta pour s'exami-

ner gravement dans la glace. Elle avait l'impression que, pour Guy, la situation allait vers un dénouement précipité. Un instant, toutes ses craintes lui revinrent. Et s'il allait être comme Barry ?

— Vicki ? Votre xérès est servi.

La voix de Guy l'appelait. C'était en quelque sorte symbolique, et elle sourit avant de passer dans le couloir.

8

Guy l'attendait ; il tenait un délicat verre de cristal.

— Ah, vous… commença-t-il.

Il s'immobilisa, et ses yeux détaillèrent la jeune femme.

— Vous porterez cette robe pour notre mariage, Vicki. Je ne vous ai jamais vue plus jolie.

Elle retrouva cette impression d'être emportée vers un monde irréel.

— Guy, nous ne pouvons pas…

D'un baiser, il fit taire toute protestation.

— Le dîner va être prêt. Nous parlerons plus tard.

Le repas fut savoureux, arrosé d'un vin rouge corsé. Les trois enfants s'installèrent ensuite par terre, avec un jeu. Devant la cheminée, les adultes prirent le café et les liqueurs, en bavardant gaiement. Philip annonça qu'il avait été invité à envoyer quelques-unes de ses œuvres à une exposition prestigieuse, à Toronto, et Vicki demanda avec curiosité :

— Vous êtes-vous intéressé à la poterie dès l'enfance ?

— Non, pas du tout. Mon père était bien décidé à me voir entrer dans son cabinet juridique, et l'on m'a envoyé à la faculté de droit. Cela ne me plaisait guère, mais je ne savais pas trop ce que j'aurais souhaité à la place. J'ai rencontré Carole, nous nous sommes aimés et mariés. Par un de ces hasards qui peuvent avoir une profonde influence sur notre vie, notre voiture est tombée en panne pendant notre voyage de noces. La seule maison en vue était celle d'un potier, célèbre dans tout l'Est. J'ai su alors ce que je voulais mais j'avais beaucoup à apprendre.

— Heureusement, intervint Carole, ma grand-mère m'avait laissé un peu d'argent. Nous ne sommes pas morts de faim !

— Je t'ai épousée pour ton argent, ma chérie, fit-il avec un tendre sourire. Je te l'ai toujours dit.

— C'est vrai, convint-elle en riant. Quelle horrible tour à jouer à une femme, n'est-ce pas, Vicki ?

Celle-ci se sentit pâlir, et ses doigts se crispèrent sur le pied de la coupe qui se brisa. En un éclair, Guy fut près d'elle. Avec soin, il rassembla les débris de verre et les jeta dans la cheminée. Il prit sa main blessée et ordonna :

— Venez dans la salle de bains. Je vais nettoyer la plaie.

— Comment est-ce arrivé, Vic ? s'enquit Carole, anxieuse.

— Je n'en sais rien... Il était peut-être fêlé.

Vicki espérait qu'on allait mettre sa pâleur sur le compte du choc. Mais, tandis que Guy examinait la blessure au-dessus du lavabo, elle comprit qu'il n'était pas convaincu.

— Vous étiez riche, n'est-ce pas ? jeta-t-il. Et Barry vous a épousée pour cette raison ?

Glacée, elle se demandait si elle allait être malade.

— Je ne veux pas en parler, articula-t-elle.

— Nous en parlerons pourtant, quand nous serons seuls. Vous gardez tout cela en vous depuis trop longtemps.

Il déboucha la bouteille de désinfectant.

— Tenez bon... vous allez souffrir.

Elle le regarda lui panser habilement la main.

— Ça va ?

Il ne parlait pas seulement de sa coupure.

— Oui. Rejoignons les autres. Je ne veux pas laisser Carole s'inquiéter.

Il était près de dix heures quand les Hunter partirent. Stephen dormait. Guy mit une autre bûche dans le feu.

— J'ai assez attendu, Vicki, lança-t-il en se redressant.

— Vous êtes trop imaginatif.

— Vous n'avez pas agi ainsi sans motif. C'est la remarque de Phil qui en a été cause. Et vous allez me dire pourquoi.

Faisant virevolter sa jupe blanche, elle alla se percher sur l'accoudoir d'un fauteuil, près de la cheminée.

— Très bien! explosa-t-elle. J'étais amoureuse de Barry et j'ai découvert après coup qu'il m'avait épousée parce que j'avais hérité d'une grosse somme. Je m'étais rendue ridicule... et, par malheur, tout le monde, au bureau, était au courant.

Elle se leva, les flammes firent étinceler son diamant.

— Vous savez tout... Je vais me coucher.

Mais, au moment où elle passait devant lui, il l'attrapa par la taille et l'attira vers lui.

— Non, Vicki. Vous avez à peine commencé. Combien y avait-il? Et qui vous l'avait légué?

— Une grand-tante dont j'ignorais même l'existence. Il y avait plus de cent mille dollars.

— Tant que cela! Et pourquoi Barry en avait-il besoin?

Sa colère disparue, elle se laissa aller contre lui, les yeux fixés sur le feu.

— Il avait fait certaines opérations frauduleuses et il lui fallait de l'argent de toute urgence, s'il ne voulait pas être pris. Il s'est servi du mien.

— Comment vous étiez-vous rencontrés?

Sans trop s'en rendre compte, elle se laissa ramener vers son siège; il s'assit en face d'elle.

— En arrivant à Montréal, je n'étais pas très riche. On demandait des secrétaires. J'ai pris des cours et j'ai été engagée dans une grande compagnie de navigation: Barry était l'un des cadres supérieurs.

La moitié de ses camarades en étaient folles, elle s'en souvenait. Il était séduisant, élégant, charmant, spirituel. Un mois ne s'était pas écoulé qu'elle en était amoureuse, elle aussi, mais il ignorait son existence. Quand lui parvint la nouvelle de sa bonne fortune, elle en parla à l'une de ses collègues, et, très vite, tout le monde fut au courant. Une semaine plus tard, elle était restée au bureau pour finir un travail, et Barry l'invita à dîner.

— Il s'écoula seulement six semaines, entre cette première sortie et notre mariage, reprit-elle. J'étais naturellement très flattée : je le croyais trop impatient pour attendre, ajouta-t-elle avec un petit rire cynique. Mais c'était mon argent qui l'intéressait. Nous avions tout mis sur un compte commun. En moins de deux semaines, il n'en restait plus que la moitié. Au début, j'ai été assez stupide pour croire toutes ses histoires d'investissements, de placements... Mais, un soir, nous étions chez l'un de ses amis...

Leur mariage avait été une succession de réceptions, toujours avec les mêmes gens. Ils étaient rarement sortis seuls ensemble. Elle n'imaginait pas Barry montant avec elle au sommet d'une colline et s'endormant paisiblement.

— ... ce soir-là, Barry avait trop bu. Je l'ai entendu se vanter auprès d'un ami d'avoir pu mettre la main sur un tel magot... Dommage, disait-il, qu'il eût été obligé de m'épouser : j'étais une petite provinciale ennuyeuse, sans esprit, sans intelligence, avec des idées démodées. L'ami travaillait pour la même compagnie et répéta les paroles de Barry. Il n'avait pas voulu me laisser quitter mon emploi ; je travaillais toujours là. C'était horrible ! J'aurais voulu partir mais j'avais alors un salaire élevé, et Barry dépensait sans compter...

— Vous était-il fidèle ?

— A votre avis ? Non, bien sûr. Je l'ai découvert à cette soirée dont je vous parlais. Il avait une petite amie en titre, entre autres. Là aussi, tout le monde était au courant.

— Encore une question, Vicki. Comment est-il mort ?

— En rentrant d'un club, en pleine nuit. Il était ivre. Il a dérapé dans un virage et a heurté un mur de béton à cent quinze kilomètres à l'heure. Il conduisait la voiture achetée avec mon argent.

— Il y a une justice.

Sa voix exprimait une telle hargne que Vicki en fut surprise.

— Vous êtes fâché contre moi ?

— Mon Dieu, certainement pas ! Il a de la chance de

ne plus être là. Je l'aurais corrigé !... Quel âge aviez-vous quand vous l'avez connu ?

— Dix-huit ans. Et j'étais très jeune pour mon âge.

— Vous a-t-il laissé un peu d'argent ?

— Quand tout a été réglé, y compris ses dettes, il me restait exactement quatre mille dollars. Je voulais quitter ce bureau, partir de Montréal. J'ai décidé de m'accorder un an et d'essayer d'écrire.

— Auriez-vous divorcé ?

Elle hésita longuement, les yeux baissés.

— Je ne crois pas, murmura-t-elle. Voyez-vous, je l'aimais quand je l'ai épousé et je m'étais engagée pour la vie... Le pire, ajouta-t-elle, ce fut mon soulagement, après sa mort. J'avais l'impression de m'éveiller d'un horrible cauchemar.

— Et vous vous êtes sentie coupable.

— Oui, avoua-t-elle, sachant qu'il la comprenait.

— Voilà pourquoi vous ne tenez pas à vous remarier ni à vous lier sérieusement avec un autre homme.

— Oui, naturellement, fit-elle avec impatience. Je me suis rendue absolument ridicule. Je considérais Barry comme un être exceptionnel... et, tout ce temps, il se servait de moi et se moquait de moi derrière mon dos.

Guy se pencha vers elle. Le feu jouait sur son visage.

— Vous avez fait une expérience désastreuse, Vicki. Mais vous ne pouvez pas la laisser gâcher toute votre vie. Tous les hommes ne sont pas comme Barry.

— Sans doute. Mais comment discerner la vérité ? Je ne peux même plus me fier à mon jugement.

— Et vous n'apprendrez certainement pas à vous y fier en refoulant toutes vos émotions et en menant une vie de recluse.

S'il savait ! C'était lui qui l'avait contrainte à revivre... c'était lui qu'elle aimait !

— Vous vous êtes trompée, Vicki. Bien, reprit-il avec insistance. C'est parfaitement normal chez un être humain. Croyez-vous que je n'aie jamais fait d'erreur ?

Il se leva, s'étira et, les mains enfoncées dans ses poches, se mit à arpenter le tapis. Ses propres tourments le poursuivaient, elle le sentait intuitivement. Pourtant, quand il parla, elle fut prise complètement au dépourvu. Il s'arrêta devant elle, le visage figé, les yeux durs.

— Cela a assez duré.

— Quoi ? demanda-t-elle sans comprendre.

— Vous savez bien pourquoi je vous ai fait venir ici. Je ne vous l'ai pas caché.

Elle sentit son cœur battre à se rompre.

— Je suis venue pour prendre soin de Stephen, murmura-t-elle.

— Pour l'instant, nous parlons de vous et moi.

Il avait l'air dangereux d'un félin prêt à bondir. La gorge sèche elle attendit, tremblante, les yeux agrandis, par la peur.

— Je vous ai amenée ici pour vous épouser. Demain, j'irai à Sydney, je me procurerai une licence spéciale. Nous aurons seulement trois jours à attendre.

Silencieuse, elle essayait de ne plus trembler.

— Et si je dis non ? s'enquit-elle enfin.

— N'en faites rien, conseilla-t-il d'un ton menaçant, les poings serrés. Vous n'avez aucune raison de refuser. Croyez-moi, je ne ressemble pas à Barry.

— Non, admit-elle lentement. Personne ne pourrait être plus différent. Je n'ai pas besoin de vous épouser pour le savoir.

— Vous avez besoin de m'épouser pour réapprendre la joie, le rire, le plaisir de partager.

Mais pas l'amour, pensa-t-elle. C'était là une omission impardonnable. Il ne disait pas qu'il l'aimait ; il ne le promettait même pas. Comment pourrait-elle accepter ?

— Je peux vous rendre heureuse, Vicki. Mais il faut me faire confiance.

— Il est loin le temps où l'on aurait pu me traîner à l'autel contre mon gré, dit-elle, suivant sa pensée.

Il plissa les paupières, et, malgré elle, elle frissonna. Il dit d'une voix doucereuse :

— C'est vrai. Mais il existe d'autres moyens. Vous êtes venue, prétendez-vous, en qualité de femme de charge... On peut renvoyer une femme de charge. Peut-être ne vous serait-il pas difficile de me quitter, mais Stephen ?

Livide, elle murmura :

— Vous ne seriez pas aussi cruel !

— Je vous veux, Vicki. J'ai essayé d'être raisonnable, je me suis efforcé de comprendre à quel point vous aviez été blessée par Barry. Mais ma patience a des limites.

— Même si j'étais violemment opposée à ce mariage, vous me forceriez ?

— Oui... parce que je peux vous changer, je le sais.

Elle ferma les yeux. Elle se sentait très lasse.

— J'ai donc le choix, déclara-t-elle d'une voix sans timbre. Ou je vous épouse dans trois jours, ou je m'en vais.

— Oui.

Lentement, elle se mit debout.

— Je vous donnerai ma réponse demain matin, je vous le promets. A présent, je vais me coucher. Bonne nuit.

Elle crut un instant qu'il allait l'empêcher de partir. Ses yeux étaient gris acier, sa bouche une ligne mince, la colère émanait de lui comme une force visible. S'il y avait aussi de la souffrance, elle était trop désemparée pour la percevoir. Il recula

— Bonne nuit, Vicki.

Sa chambre lui parut un havre de paix. Elle se laissa tomber sur le tapis moelleux, entoura ses genoux de ses bras et fit le vide dans son esprit. Au bout d'un moment, le calme lui revint. Elle alla prendre une douche, revêtit son caftan neuf et revint s'asseoir près de la fenêtre.

Une alternative : partir ou lier sa vie à Guy. Si simple et si difficile. Quitter Stephen représenterait déjà un intolérable déchirement ; mais elle quitterait aussi Guy et son étrange mélange de tendresse et de cruauté, de pénétration et d'aveuglement. Elle avait été si sûre de son bonheur, là-haut, sur la colline, en prenant conscience de son amour pour lui. Cette certitude avait disparu.

Elle avait été attirée dès le début vers Guy mais elle avait lutté sans relâche contre cette attirance. Ce soir-là encore, elle avait lutté. Par bien des côtés, il était différent de Barry, mais, sur un point, ils se ressemblaient. Guy ne lui disait pas toute la vérité sur ses raisons de vouloir l'épouser. Il lui cachait quelque chose...

La maison était plongée dans le silence. Sans bruit, elle

ouvrit sa porte et se glissa dans le couloir jusqu'à la chambre de Stephen. Il était allongé sur le dos, les bras en croix, et un animal en peluche reposait contre sa joue. Il ressemblait étonnamment à son père, et le souffle de Vicki s'étrangla dans sa gorge. Elle était perdue... elle ne pouvait partir. Elle épouserait Guy et se laisserait guider, par son amour récemment découvert, dans une relation bien plus complexe, subtile et dangereuse qu'elle n'en avait connu avec Barry. Une paix étrange l'enveloppa. Très doucement, elle remonta les couvertures sur l'enfant endormi. Elle se pencha pour l'embrasser sur la joue, les doigts posés sur la chevelure en désordre.

En se détournant pour partir, elle aperçut Guy. Il se tenait sur le seuil, immobile. Depuis combien de temps était-il là ? Il s'écarta pour la laisser passer. La veilleuse jetait une faible lueur sur son visage. Avec une sensibilité toute nouvelle, elle devina la tension presque insupportable qu'il déguisait sous un masque impassible.

— Vous n'avez pas dormi, fit-elle tout bas.

— Vous non plus.

— Non, admit-elle avec un léger sourire. Savez-vous ce qui me ferait plaisir ? Une tasse de thé.

Parce qu'elle l'aimait, elle fut soulagée de le voir sourire à son tour.

— C'est facile. Allons à la cuisine.

Elle mit la bouilloire sur le feu. Guy sortit deux tasses, y versa du lait et ajouta du sucre dans celle de Vicki. Il paraissait très las. Il lui avait donné jusqu'au lendemain pour sa réponse ; il ne lui parlerait pas de mariage cette nuit. Mais elle voulait le voir se détendre.

— Guy ? dit-elle.

Il leva les yeux. Elle avala convulsivement sa salive.

— Guy, si vous le désirez toujours, je vous épouserai.

Il réprima un mouvement instinctif vers elle.

— Vous avez jusqu'à demain pour vous décider.

— Je sais, mais je ne changerai pas d'avis.

— Vous êtes allée voir Stephen pour cette raison, accusa-t-il d'une voix mordante... Pour vous aider à prendre une décision.

— En partie... Vous n'êtes pas content ?

Il voulut parler, se ravisa. Il y eut un silence.

— Si, bien sûr. Mais... Oh, Vicki, naturellement, je suis content ! Et Stephen va être ravi... Mais vous y avez déjà pensé, je n'en doute pas.

Elle éprouvait un malaise. Elle ne s'était pas attendue à cette attitude désinvolte. Elle eut un rire nerveux.

— Peut-être regrettez-vous votre proposition... Vous ne semblez guère enthousiaste.

— Non, je ne regrette rien, intervint-il d'un ton bref.

L'eau bouillait ; Vicki prépara le thé. Elle devait être folle, songeait-elle, abattue : elle venait d'accepter d'épouser un homme avec lequel elle était incapable de communiquer...

— Je sais si peu de choses de vous, Guy.

— Vous savez tout ce qui est important. Et nous avons devant nous toute une vie pour combler les vides.

— Je vous ai beaucoup parlé de Barry, mais vous ne m'avez rien confié au sujet de votre femme.

— Corinne ? Je n'ai aucune envie de parler d'elle, et surtout pas à vous, Vicki.

— Mais vous l'aimiez.

— Oh, oui, je l'aimais.

« Et vous ne m'aimez pas », continua-t-elle en silence. Heureuse, heureuse Corinne... Comme s'il lisait dans sa pensée, Guy reprit doucement :

— Tout ira bien, Vicki. Vous verrez...

— Je l'espère. Je... je le désire.

Elle n'osait pas lui dire plus clairement qu'elle voulait le rendre heureux. Il se leva, et posa ses mains sur ses épaules.

— Cela vous ennuierait-il si nous ne partions pas en voyage de noces ? Pour Stephen, il serait peut-être préférable de rester ici. Normalement, j'aurais suggéré de le laisser chez les Hunter, mais le bébé de Carole va naître...

— Je me plais ici. Cela m'importe peu.

— Nous demanderons à Carole et à Philip d'être nos témoins, voulez-vous ? Et vous mettrez la robe que vous portiez ce soir.

Discuter ainsi des détails de la cérémonie en faisait une

réalité proche et inquiétante. Vicki porta les doigts à sa chaîne d'or pour se donner du courage.

— Si vous voulez.

— Tout cela ne paraît pas bien romantique, je le crains, soupira Guy. Il vous suffira de transférer vos affaires de votre chambre à la mienne.

— Nous partagerons la même ?

— Je l'espère bien, fit-il ironiquement.

Elle évita son regard. Une fois de plus, l'affolement s'emparait d'elle. Dans trois jours, il aurait le droit légal de la faire sienne, qu'elle le voulût ou non. Elle avait l'impression d'être écrasée sous le poids de ses mains.

— Je voudrais que nous soyons déjà mariés, reprit-il d'une voix sourde. Je vous emporterais chez moi.

Ses mains glissèrent le long du dos de Vicki, et elle vit ses yeux briller quand il découvrit qu'elle était nue sous la soie du caftan.

— Je vous aurais prise dans mes bras, et nous nous serions aimés, poursuivit-il en faisant lentement glisser la fermeture du caftan jusqu'à sa taille.

Elle restait muette, glacée. Il se mit à la caresser, et elle crut s'évanouir. Tous ses nerfs étaient à vif. Toujours avec la même lenteur, il referma les pans du vêtement, et ses lèvres trouvèrent celles de Vicki. Quand il la libéra, elle tremblait de tous ses membres.

— Ma merveilleuse Vicki ! murmura-t-il. Il ne nous reste plus que trois jours à attendre. Ils peuvent paraître une éternité, pour le moment, mais ils seront vite passés. A présent, vous feriez mieux d'aller vous reposer. Dormez le plus possible, durant ces quelques nuits : quand nous serons mariés, vous n'aurez plus grand temps pour le sommeil.

Trois jours, pensait-elle, épouvantée. Trois jours seulement, et le plus terrible secret de son passé, l'amère humiliation qu'elle n'avait partagée avec personne serait percée à jour. C'était inévitable, mais elle ne pouvait envisager cette éventualité. Elle était prise au piège. A cause du mot « amour », elle était une fois encore prise au piège.

— Ne me regardez pas ainsi ! dit-il âprement.

Elle essaya de lui sourire. Elle ferait n'importe quoi pour retarder le moment de vérité.

— Pardon, Guy... L'anxiété d'une jeune mariée. Tout ira bien.

— Il n'y a rien d'autre, vous en êtes sûre ?

Il la scrutait impitoyablement, et elle se contraignit à soutenir son regard sans ciller.

— Que pourrait-il y avoir d'autre ? lança-t-elle.

— Peut-être ne m'attendais-je pas à vous voir nerveuse : c'est votre second mariage. Vous n'êtes pas totalement sans expérience... Pas d'hésitations de dernière heure ?

Les yeux fixés droit devant elle, elle répondit :

— Je ne changerai pas d'avis. Je vous ai fait une promesse, à Stephen et à vous, et je m'y tiendrai.

— Coûte que coûte ? Et s'il s'agissait simplement de moi ?

— Que voulez-vous dire ?

— Si Stephen n'existait pas, tiendriez-vous votre promesse... L'auriez-vous même faite ?

Le terrain était dangereux ; elle rétorqua avec un calme forcé :

— Stephen existe. Il fait partie de vous. Comment pourrais-je vous séparer ?

Il frappa du poing sur la table.

— Que vous le vouliez ou non, vous avez répondu. Pas de Stephen, pas de mariage. C'est cela, non ?

— Quelle différence cela fait-il ?

— Si vous ne le savez pas, ce n'est pas à moi de vous éclairer.

— Vous le savez tout comme moi · Stephen a besoin des soins et de l'amour d'une femme. Vous ne voudriez pas l'en priver, n'est-ce pas ?

— Non, naturellement... Cette conversation ne nous mène à rien, Vicki. Allez donc vous coucher.

Désemparée, elle se dirigea vers la porte.

— Bonsoir, Guy.

Il contemplait la nuit, par la fenêtre.

— Bonne nuit, répondit-il sans se retourner.

Guy resta absent pendant la plus grande partie du lendemain. A son retour, juste avant le dîner, il informa Vicki que toutes les formalités avaient été accomplies : ils se marieraient le vendredi soir. A ce moment, Stephen entra en courant dans la cuisine.

— Bonjour, papa ! Où étais-tu ?

Guy répondit par une autre question :

— Que dirais-tu si Vicki et moi, nous nous mariions vendredi ?

— Vraiment ? fit l'enfant, en ouvrant de grands yeux.

— Vraiment.

Stephen se tourna vers la jeune femme.

— Tu serais tout le temps là, alors ? Comme une vraie maman ?

— Oui, Stephen.

— Ce serait formidable ! Pourquoi faut-il attendre jusqu'à vendredi ?

— C'est bien ce que je pense, laissa tomber Guy, en regardant, avec un amusement sardonique, rougir les joues de Vicki. Malheureusement, c'est la loi. Mangeons, et nous irons ensuite chez les Hunter, pour leur demander s'ils seront libres vendredi soir.

La jeune femme sentait le filet se resserrer inexorablement sur elle.

— A propos, reprit Guy, voulez-vous inviter Nils ?

La question la déconcerta.

— Je n'ai pas eu de ses nouvelles depuis mon arrivée ici, remarqua-t-elle.

Nils serait atterré d'apprendre la nouvelle, pensait-elle : elle lui avait affirmé, peu de temps auparavant, qu'elle ne referait pas la même erreur.

— Non... murmura-t-elle enfin. Je lui enverrai un mot. C'est curieux qu'il ne soit pas venu nous voir.

— Très bien. Stephen, va te laver les mains.

Deux heures plus tard, ils étaient tous les trois devant chez les Hunter. Philip vint leur ouvrir.

— Bonsoir. Quelle bonne surprise ! Entrez. Les garçons sont dans la salle de jeu, Stephen. Et Carole est allongée dans la salle de séjour ; elle va être contente de vous voir.

Ils entrèrent dans la pièce, avec son plafond aux poutres apparentes, ses fenêtres à petits carreaux et ses meubles rustiques. Apercevant Carole, Guy lui demanda :

— Ne vous levez pas ! Comment vous sentez-vous ?

Elle se contempla avec une grimace comique.

— Enorme ! Autrement, je vais bien. Venez vous asseoir ici, Vicki. Qu'avez-vous fait, aujourd'hui ?

Guy intervint aussitôt :

— Elle s'est fiancée.

— Quoi ? cria Carole.

— Vous avez bien entendu : nous allons nous marier, Vicki et moi.

— Eh bien, vous allez vite en besogne, Guy Travis.

— Le grand jour est fixé quand ? s'enquit Philip.

— Vendredi soir. En fait, nous sommes ici pour cela. Nous aimerions vous avoir tous les deux. Voulez-vous être mon témoin, Philip ?

— Avec plaisir ! Inutile de vous dire, Guy, qu'à mon avis, vous avez bien de la chance !

— En effet, Phil, c'est inutile, dit gravement Guy.

Vicki rougit. Elle était d'une touchante jeunesse, toute frêle dans sa large jupe et son pull-over en laine angora. Elle croisa avec assurance le regard de Guy.

— Moi aussi, j'ai de la chance.

Comme s'ils étaient seuls, il la gratifia de l'un de ces rares sourires qui adoucissaient ses yeux de granit.

— Oh, mon Dieu, soupira Carole, je me sens tout émue ! Donne-moi un mouchoir, Phil.

Ils se mirent tous à rire, et Philip se dirigea vers un meuble qui occupait un angle de la pièce.

— C'est une occasion qui s'arrose. Il nous faudrait du champagne, mais vous devrez vous contenter d'un xérès ou d'une liqueur.

Guy alla l'aider, et Carole murmura à Vicki :

— Je vous souhaite d'être très heureuse, ma chérie. Vous êtes trop jeune pour vivre seule. Vous allez avoir une famille toute faite, avec Stephen, et il aura bientôt des frères et sœurs, j'en suis sûre. Il n'y a rien de plus satisfaisant en ce monde que de vivre avec l'homme qu'on aime et de porter ses enfants.

« Même s'il ne vous aime pas ? » se demanda Vicki. Mais, déjà, Philip lui mettait un verre dans la main, et la conversation devint générale.

— Quelle heure, vendredi ? interrogea Carole.

— Sept heures, à l'église Saint-Jean.

— Après, vous reviendrez passer un moment ici, décida-t-elle, et Stephen pourra coucher chez nous.

Guy éclata de rire.

— Vous êtes très compréhensive, Carole. Merci !

Vicki aurait dû être contente, elle aussi, mais elle ne l'était pas. Peut-être, inconsciemment, avait-elle compté sur la présence de Stephen, la nuit du vendredi, comme sur une sorte de protection. Sans regarder Guy, elle but une gorgée de xérès. Bientôt, ils durent reprendre le chemin du retour, pour permettre aux enfants d'être au lit à l'heure habituelle.

Quand Stephen fut couché, Guy déclara :

— Je vais être obligé de travailler ce soir et demain soir, Vicki. J'ai un délai à respecter et je commence à prendre du retard. Je suis désolé.

— Je comprends très bien.

Secrètement, elle était soulagée : avec la perspective de ce qui l'attendait, elle avait de plus en plus de mal à se détendre en sa présence.

9

Les jours s'écoulèrent avec lenteur. Mardi, mercredi, jeudi. Le lendemain serait le jour du mariage. Le jeudi, Guy avait quitté son bureau uniquement pour les repas. Le soir, à dix heures, Vicki se dit qu'elle ferait aussi bien d'aller se coucher.

Dans sa chambre, elle passa sa chemise de nuit et sa robe de chambre, éteignit la lumière et alla s'asseoir à sa place favorite, près de la fenêtre. Mais, ce soir-là, le ciel et l'océan n'exerçaient pas leur habituelle magie. Les vagues semblaient murmurer des mises en garde. Le ciel obscur paraissait se moquer de son insignifiance. Elle se sentait très seule.

Un peu plus tard, elle entendit les pas de Guy dans le couloir. Avait-il marqué une hésitation devant sa porte ? Elle souhaitait et redoutait à la fois de le voir entrer. Les pas reprirent, une porte se ferma. Demain soir, quand cette même porte se fermerait, elle serait avec lui, dans ses bras. Elle lui appartiendrait...

Incapable de supporter ses propres pensées, elle se mit au lit, s'enveloppa étroitement dans les couvertures. Elle finit par s'endormir mais se trouva subitement arrachée à son sommeil. Il faisait nuit noire. Elle n'entendait que les battements de son propre cœur. Cependant, en tendant l'oreille, elle perçut un léger mouvement et distingua un vague jeu d'ombres sur le tapis blanc. La gorge serrée, elle se redressa et parvint à articuler :

— Qui est là ?
— Vicki ?

Avec un soupir rauque, Guy se laissa tomber sur le lit.

— Qu'y a-t-il ? murmura-t-elle. Stephen... ?

— Stephen va très bien.

Les yeux de Vicki s'étaient accoutumés à l'obscurité. Elle distinguait maintenant la silhouette de Guy, la tête entre ses mains. Oubliant sa propre frayeur, elle posa sa main sur son épaule.

— Guy, dites-moi ce qui ne va pas.

— Vous allez me trouver ridicule... marmonna-t-il en se tournant vers elle. Je rêvais... l'un de ces rêves où l'on ne peut pas séparer le réel de l'imaginaire. Nous allions nous marier, mais vous n'êtes pas venue à l'église et, quand je suis allé vous chercher, vous n'étiez plus là. J'allais d'une pièce à l'autre, et toutes étaient vides, et j'étais de plus en plus certain de ne jamais vous retrouver. A la fin, je me suis mis à courir, mais mes jambes étaient de plomb, et je savais qu'il était trop tard...

Elle fut envahie de compassion. Ainsi, il n'était pas aussi sûr d'elle qu'il y paraissait ; il avait besoin d'elle. Elle lui ouvrit les bras, et il la serra contre lui, comme pour se prouver qu'elle était bien réelle. Il posa la tête sur sa poitrine, et elle le berça doucement.

— Je suis là, chuchota-t-elle. Et je serai là demain, quand l'heure sera venue de nous marier. Je vous le promets.

Elle sentit ses lèvres sur sa peau quand il répondit :

— Je suis désolé de vous avoir réveillée mais j'avais besoin de m'assurer que le songe était fini, que vous étiez bien là.

— Vous ne vous débarrasserez pas si facilement de moi ! plaisanta-t-elle d'un ton léger.

Il se redressa.

— Ne vous moquez pas, protesta-t-il d'une voix rauque.

— J'essayais simplement de vous rassurer...

Elle le sentit hésiter avant de reprendre :

— Vicki, voulez-vous faire quelque chose pour moi ? Me permettez-vous de m'allonger un moment près de vous ?

Il perçut son mouvement de recul.

— N'ayez pas peur. Je suis assez démodé pour vouloir

attendre notre nuit de noces. Je veux simplement vous tenir dans mes bras, m'assurer de votre présence. Ensuite, je regagnerai ma chambre.

Elle devait lui faire confiance.

— Je... d'accord.

Elle se recoucha, tournée vers lui. Elle l'entendit enlever sa robe de chambre, et il se glissa sous les couvertures. Elle frémit tout entière en sentant son corps nu se presser contre le sien. Mais, par degrés, elle se détendit. Il avait posé une main sur sa hanche, comme pour la retenir. Mais elle n'éprouvait pas le désir de lui échapper. Elle comprit peu à peu qu'elle ne risquait rien. Bercée par le bruit régulier de sa respiration, engourdie par la chaleur de leurs deux corps, elle se sentit sombrer de nouveau dans le sommeil. Sa dernière pensée consciente fut pour se dire qu'après tout, le lendemain n'était peut-être pas si redoutable...

Il était très tard lorsqu'il se glissa silencieusement hors de la chambre. Quand Vicki s'éveilla, elle était seule dans le grand lit. Ses yeux allèrent tout de suite vers l'oreiller creusé, près du sien : elle n'avait pas rêvé ; Guy était venu. Ce soir, il en irait de même. Mais, ce soir, il ne se contenterait pas de rester étendu près d'elle. Elle se cacha sous les draps, pour tenter de ne rien entendre : le ruissellement d'une douche, la voix aiguë de Stephen... Elle n'était pas prête, se dit-elle, affolée. Pas prête à devenir la femme de Guy, à répondre à ses inévitables exigences. Pourquoi, oh, pourquoi avait-elle accepté ce mariage hâtif ?

Stephen fit irruption dans la pièce.

— C'est aujourd'hui que vous vous mariez ? Si seulement je n'allais pas à l'école !

— Nous ne nous marions pas avant ce soir, remarqua Vicki, d'un ton calme qui la surprit elle-même.

— Je sais, mais je pourrais manquer quelque chose. Papa a une surprise pour toi... Oh, je ne devais pas te le dire ! ajouta-t-il, consterné.

La journée commença comme toutes les autres : le petit déjeuner autour de la table de la cuisine, les menus propos habituels, le déjeuner de Stephen à envelopper, son départ pour prendre le car scolaire. Guy avait rejoint Vicki sur le seuil pour adresser des signes d'adieu à l'enfant. Il dit gravement :

— Sans vous, je ne serais pas ici : je n'aurais plus de fils. Jamais je ne vous remercierai assez.

Il l'avait prise par les épaules, et elle restait absolument immobile. Il ne lui était pas encore venu à l'esprit qu'il pouvait lier sa vie à la sienne uniquement par gratitude.

— Est-ce la raison pour laquelle vous m'épousez ?

— C'est ce que vous pensez ?

— Je ne sais que penser.

— Parce que vous avez sauvé Stephen, je connais votre courage et votre intelligence, et ce sont des qualités que j'admire en vous, Vicki. Mais je n'irais pas jusque-là simplement par reconnaissance.

— Je vois, murmura-t-elle d'une voix faible.

— Je n'en suis pas sûr, intervint-il en la regardant droit dans les yeux. Mais ne vous inquiétez pas. Vous finirez par comprendre.

Il lui demandait de lui faire confiance. Facile à dire, si difficile à faire. Elle jeta un coup d'œil autour d'elle. C'était une belle journée de printemps, pleine de promesses...

Quand il changea de sujet, elle fut prise au dépourvu. Il s'empara de sa main gauche.

— Je n'ai même pas eu le temps de vous acheter une bague de fiançailles, s'excusa-t-il brusquement. Dans une semaine ou deux, j'espère, nous pourrons profiter d'un week-end pour aller faire des achats.

Il lui caressait l'annulaire du bout du pouce.

— Barry vous en avait-il donné une ?

— Oui. Elle avait appartenu à sa grand-mère, m'a-t-il dit. Mais il l'avait achetée chez un prêteur sur gages, je l'ai découvert plus tard — et avec mon argent, naturellement.

— Avec moi, pas question de bijoux de famille. Tout ce que j'ai, je l'ai gagné moi-même.

Il parlait rarement de lui-même, et elle choisit ses mots avec soin, de peur de le voir rentrer dans sa coquille.

— Vous ne m'avez jamais rien dit de votre famille.

Il revint dans la cuisine et se versa une autre tasse de café. Sans regarder la jeune femme, il se mit à parler, d'une voix nette, sans émotion.

— Ma mère était l'un des dix enfants d'un docker de Montréal. A quinze ans, elle a quitté la maison pour travailler en usine. Mon père était chauffeur sur l'un des transatlantiques qui faisaient escale à Montréal. Quand ils se sont mariés, ma mère avait seize ans. Mon père cherchait du travail à terre lorsqu'il a été tué dans l'explosion d'une chaudière. Je suis né cinq mois après.

— Ainsi, vous n'avez jamais connu votre père ?

— Non. Je possède une photo de lui, c'est tout. Ma mère me parlait de lui quand j'étais enfant.

— Et qu'a-t-elle bien pu faire pour vivre, seule avec un bébé ?

— Elle a eu bien du mal. Au début, elle s'est engagée comme fille de cuisine, logée sur place. Ensuite, quand je suis allé à l'école, elle est retournée à l'usine. Elle voulait à tout prix que j'aie une bonne éducation et, dans ce but, elle s'est usée. A trente ans, elle en paraissait quarante-cinq.

Il se tut. Ses yeux gris étaient mornes.

— Que s'est-il passé ? s'enquit doucement Vicki.

— Elle est morte quand j'avais quatorze ans.

Il désigna d'un geste violent le confort qui les entourait.

— Si seulement elle avait vécu assez longtemps pour profiter de tout cela !

— Qu'avez-vous fait après sa mort ?

— Pendant quelque temps, je suis resté à Montréal. Je trouvais des petits travaux, en mentant sur mon âge pour ne pas être emmené de force dans un orphelinat. Après, j'ai passé trois ans en mer et, enfin, j'ai décidé de suivre des cours à l'université et je me suis mis à écrire.

Elle l'imaginait si bien, à quatorze ans : déjà grand, anguleux, avec une épaisse tignasse de cheveux noirs, un visage trop vieux pour son âge, cachant à tous la solitude qui devait le ronger. Pour survivre, il avait dû être dur, faire appel à toutes ses ressources. Il était resté ainsi.

— Stephen, au moins, connaîtra une jeunesse plus

heureuse. A nous deux, nous pourrons lui procurer tout l'amour et toute la sécurité qui vous ont manqué.

— Oui. Je sais combien vous l'aimez.

« Et je vous aime, vous aussi », criait son cœur.

— Bien, je vais travailler. A midi, je dois sortir. S'il faut en croire Carole, nous ne devons pas nous revoir avant le mariage. Je vous retrouverai donc à l'église.

Elle parvint à esquisser un pâle sourire.

— Elle tient à ce que je m'habille chez elle. Après la cérémonie, nous reviendrons prendre un verre avec eux. Je vais l'aider cet après-midi à préparer cette petite réception.

— Ce sont de bons amis, remarqua-t-il en souriant.

— Oui, vous avez de la chance.

— Non, Vicki, *nous* avons de la chance.

Nous... Un petit mot si lourd de sens. Elle sentit Guy poser ses lèvres sur sa joue, l'entendit dire :

— Il faut que je travaille... A ce soir.

L'après-midi s'écoula très vite. Ils dînèrent tôt. Après quoi, Philip envoya les femmes s'habiller, pendant qu'il remettait de l'ordre dans la cuisine. On avait attribué à Vicki la chambre d'amis. Après une douche rapide, elle passa la robe blanche. Elle laissa ses cheveux flotter sur ses épaules et se maquilla très légèrement. Lentement, elle tourna devant la glace. Sous la lumière, le diamant, au bout de sa chaîne, explosait en minuscules étincelles de couleurs. Elle était très pâle, les yeux immenses, les mains glacées.

— Prête, Vicki ?

Elle inspira profondément et se rendit à la cuisine.

— Vous êtes ravissante, s'exclama chaleureusement Carole.

— Je... j'ai peur. Je ne sais même pas pourquoi je l'épouse, Carole.

— Mais si. Vous l'épousez parce que vous l'aimez. J'ai ressenti la même chose. Le jour de mon mariage, si mon père ne m'avait pas tenue par le bras, je me serais sauvée en arrivant à l'église. C'est nerveux, sans plus. Tout ira bien quand vous verrez Guy. A propos...

Elle sortit du réfrigérateur un carton plat.

— Il m'a demandé de vous remettre ceci.

La surprise dont avait parlé Stephen... Vicki souleva le couvercle et découvrit, dans un nid de papier de soie, un petit bouquet de freezias blancs autour d'une orchidée rose pâle. Elle le souleva doucement et vit alors la carte. Quelques mots y étaient tracés, d'une écriture très masculine, déjà familière : « Ces fleurs m'ont rappelé votre douceur, votre pureté et votre beauté. Guy. »

Elle dut retenir des larmes et montra la carte à Carole.

— Vous avez toujours peur ? s'enquit doucement celle-ci.

— Moins, maintenant.

— Bien. Il est temps de partir.

Les deux garçons apparurent, resplendissants, avec leurs costumes et leurs cravates, suivis par Philip, en complet gris clair. Carole portait une très jolie robe à fleurs. Ils montèrent tous dans la voiture.

Celle de Guy était déjà rangée devant l'église, et les hautes fenêtres en ogive de l'édifice déversaient des flots de lumière. Vicki serra ses fleurs entre ses doigts, sans même avoir conscience de son tremblement. Philip lui offrit son bras, et Carole les suivit, entre les deux garçons. Dans le vestibule, la jeune femme eut un instant d'hésitation mais elle vit, à l'autre bout de la nef, la haute silhouette de l'homme qui l'attendait. Comme s'il sentait sa présence, il se retourna ; elle distingua son sourire grave et se sentit gagnée par sa calme assurance. Les doigts qui s'accrochaient à la manche de Philip relâchèrent leur étreinte. Elle leva les yeux vers son compagnon.

— Je suis prête, dit-elle. Nous y allons ?

Ils s'avancèrent vers l'autel. Là, Philip la lâcha et fit un pas en arrière. Guy pressa doucement sa main. Il dut la sentir glacée et il lui sourit de nouveau, comme s'ils étaient seuls.

La célébration suivit son cours. Vicki fit ses réponses d'une voix claire, tendit la main pour que Guy glissât l'alliance d'or à son annulaire, se laissa embrasser. Elle dut ensuite signer de son nouveau nom, Vicki Travis, et ce fut enfin terminé. Parmi les sept personnes présentes, en dehors d'elle-même, Stephen l'occupait le plus. Il paraissait très impressionné et, quand elle lui adressa la parole, il s'approcha d'elle avec raideur ; il avait le regard méfiant exactement comme la première fois où elle l'avait vu. Elle s'agenouilla pour être à sa hauteur et posa ses mains sur ses épaules. Tout son amour pour lui brillait dans ses yeux bruns.

— Eh bien, Stephen, tu ne pourras plus te débarrasser de moi, maintenant, je le crains.

— Tu seras ma maman ? demanda-t-il gravement. Tu ne t'en iras pas ?

— Oui, à la première question, et non, à la seconde.

Un regard espiègle illumina les yeux gris, si semblables à ceux de son père.

— Tu vas avoir beaucoup de gâteaux au chocolat à faire.

— Ça aussi, c'est une promesse !

Ils tombèrent dans les bras l'un de l'autre. Le moment difficile était passé. Les autres vinrent féliciter Guy et Vicki, avant de sortir de l'église. Stephen monta dans la voiture des Hunter ; la voiture de Guy les suivrait.

Il vint s'asseoir au volant, près de Vicki, mais il ne fit pas un geste pour mettre en marche, et le sourire de la jeune femme chavira. Il dit tout bas :

— J'y suis parvenu... Vous êtes ma femme, Vicki.

Son murmure même était soulagé. Elle sentit ses doigts se crisper sur le ruban de son bouquet.

— Les fleurs sont ravissantes... merci, souffla-t-elle. Vous avez dû avoir du mal à vous les procurer.

Il ne parut pas l'entendre.

— Approche-toi, fit-il d'une voix rauque. Je veux t'embrasser.

— Nous devrions partir. Les Hunter vont nous attendre.

— Ils comprendront.

Il l'enlaça, la tourna vers lui. D'instinct, elle leva les mains pour le repousser, et le bouquet tomba. Brutalement, la bouche de Guy écarta les lèvres de Vicki, chez qui le désir luttait contre la peur. Elle ne sut jamais lequel des deux aurait gagné : il s'écarta pour la détailler tout entière d'un regard triomphant.

Une vague de chaleur l'envahit, et elle rougit violemment sous les yeux qui semblaient la déshabiller.

— Guy...

Il se méprit à sa prière.

— Ne t'inquiète pas : nous ne resterons pas longtemps chez les Hunter.

Comme engourdie, elle le regarda tourner la clé de contact, avant de baisser les yeux sur son alliance. Alors seulement, elle vit le bouquet, à ses pieds. Elle se pencha pour le ramasser. Les pétales étaient froissés, meurtris, et cela lui parut symbolique : un mauvais présage.

Chez les Hunter, cependant, elle se laissa gagner par la gaieté de Carole. En levant les yeux, elle rencontra le regard de Guy et, dans un geste inconsciemment provocant, leva son verre pour le saluer. Sans la quitter des yeux, il vida le sien. Avec un certain malaise, elle se rendit compte qu'il avait bu sans arrêt depuis leur arrivée. Stephen la tira par la manche ; elle se tourna vers lui et ne vit pas Guy remplir de nouveau son verre.

Il était plus de dix heures quand il lança d'un ton léger, en pinçant l'oreille de Stephen :

— Tu devrais être couché depuis longtemps, fils. Nous allons partir, Vicki et moi... tout en regrettant d'abréger une agréable soirée, ajouta-t-il à l'adresse de Carole.

— Pour ce soir, je vous pardonne, déclara celle-ci.

— Nous essaierons d'empêcher Stephen d'aller vous réveiller trop tôt demain matin, fit son mari.

— Bonne chance, dit Guy, ironiquement.

— Soyez heureuse, ma chérie, murmura Carole à l'oreille de Vicki. Vous avez un mari remarquable. Et ne vous inquiétez pas : tout ira bien, ce soir...

Ainsi, Carole avait perçu son anxiété...

— C'est vrai, je suis un peu nerveuse.

— C'est tout naturel. Je me rappelle, j'avais une peur épouvantable ! Mais, pour vous, ce n'est pas tout à fait la même chose : vous avez déjà été mariée...

Vicki se leva brusquement.

— Nous avons passé une très bonne soirée, Carole. Merci infiniment.

Le trajet jusqu'à la maison se déroula en silence. Guy semblait se concentrer sur la route, et Vicki ne trouvait rien à dire. Ils entrèrent par la porte de derrière. La maison était silencieuse et vide… elle attendait, pensa la jeune femme en frissonnant. Le bruit du verrou résonna avec force.

— J'ai oublié, s'écria-t-il soudain, d'un ton amusé : je devais te faire franchir le seuil dans mes bras. Je pensais sans doute à autre chose.

Elle rougit et, figée sur place, le regarda s'avancer vers elle.

— Je vais réparer mon oubli en te portant jusqu'à ma chambre, murmura-t-il. De toute façon, j'aime mieux ça.

— Je… je suis trop lourde, protesta-t-elle faiblement.

Il lui prit le bouquet et le posa sur la table, avant de la soulever.

— Tu disais ?

Confuse, elle baissa les yeux. Il l'emporta ainsi jusqu'au bout du couloir, jusqu'à sa chambre, dont il poussa la porte du pied.

Au centre de la pièce, il la laissa doucement glisser mais garda un bras autour de sa taille, le temps de faire pleuvoir sur ses joues et sa gorge une pluie de petits baisers.

— Reste où tu es, souffla-t-il. J'allume le feu, et nous pourrons ensuite éteindre la lumière.

La chambre de Guy, comme celle de Vicki, donnait sur l'océan, mais elle était toute différente. Le sol était couvert d'un tapis oriental aux dessins compliqués, dans des tons bleu et mandarine ; la courtepointe, du même bleu, était en soie sauvage. C'étaient ces couleurs éclatantes qui dominaient la pièce. Les meubles étaient d'acajou sombre. Il y avait une collection de cristaux délicats, deux tableaux impressionnistes, d'une mystérieuse beauté. C'était la chambre d'un homme complexe et sophistiqué, très sûr de ses propres goûts.

Le feu pétillait dans l'âtre, et Guy se releva. Il passa dans la salle de bains pour aller se laver les mains. A son retour, il jeta son veston sur une chaise et dénoua sa cravate. Des gestes insignifiants, en soi, mais leur intimité était pour la jeune femme un avertissement.

Elle fit un mouvement vers la porte.

10

— Où vas-tu ? questionna Guy aussitôt.
— Dans ma chambre...
— Non !
— Je vais chercher ma chemise de nuit.
— Tu n'en auras pas besoin.

Il alla fermer la porte et éteignit la lumière. Seules, maintenant, les flammes dansantes éclairaient la pièce. L'ombre immense de l'homme, projetée sur le mur, semblait menaçante, et, d'instinct, Vicki recula.

— Viens ici, ordonna-t-il.

Le moment de vérité était arrivé.

— Guy, j'ai quelque chose à vous dire...
— Viens ici, Vicki.

Rigide, elle s'approcha de lui.

— Ecoutez-moi. Je dois vous...

Mais il ne l'écoutait pas. La voix rauque, il déclara :
— Ce n'est pas le moment de parler.

Les mains enfouies dans la brillante chevelure, il l'attira vers lui, souleva son visage.

— J'ai l'impression d'avoir attendu cet instant depuis toujours.

Ses lèvres trouvèrent la bouche de Vicki, et il l'embrassa avec une violence qui éveilla en elle des désirs depuis longtemps refoulés.

Quand il s'écarta, sa poitrine se soulevait convulsivement, ses yeux gris brûlaient de passion. Il s'agenouilla aux pieds de Vicki pour lui ôter ses chaussures. Avec des doigts tremblants de hâte, il dégrafa la ceinture de sa robe, défit les boutons, repoussa le vêtement sur ses épaules. La robe tomba.

— Je veux te voir nue, murmura-t-il.

— Je ne peux pas... Je...

Elle avait rougi, pâli.

— Non, laissez-moi. Je vous en prie...

Tout en la contemplant, il se débarrassa de sa chemise, et le pantalon, comme la robe, tomba sur le tapis. Il était très bien proportionné, et elle éprouva, une fois de plus, cette étrange morsure du désir.

— Nous avons assez longtemps attendu, Vicki... Tu dois être à moi.

Il l'enleva dans ses bras, la porta jusqu'au lit, écarta les couvertures pour la déposer sur le drap. Il y eut un bruit de tissu déchiré quand il s'allongea près d'elle et lui arracha ses derniers vêtements. Elle laissa échapper une protestation incohérente et voulut se couvrir, mais il retint ses mains. Il dit d'un ton farouche :

— Tu es si belle ! Et tu es à moi, maintenant... toute à moi.

Il l'attira violemment contre lui.

— Je veux te faire oublier que tu as jamais appartenu à un autre...

— Guy, je vous en prie, écoutez-moi...

Mais il la caressait déjà, des doigts, des lèvres, et elle se sentait partagée entre la passion et la terreur. De toutes ses forces, elle luttait...

Soudain, sous le coup d'une douleur fulgurante, elle cria son nom, son corps brusquement raidi. Son cri, dans la chambre luxueuse, parut éveiller des échos sans fin. Guy se redressa et l'examina avec une surprise horrifiée. Elle avait mis sa main devant sa bouche, et son visage était livide.

— Vicki ! Que s'est-il passé ?

Elle se retourna, enfouit son visage dans l'oreiller. Des sanglots douloureux la déchiraient, des frissons la secouaient tout entière. Vaguement, elle se sentit bercée dans une étreinte d'une infinie tendresse, dans un murmure de mots apaisants. Les sanglots se calmèrent peu à peu. Epuisée, elle ne bougeait plus.

— Il faut tout me dire, Vicki.

Grâce à la douceur de sa voix, elle trouva le courage d'ouvrir les yeux.

— C'est tout simple, murmura-t-elle d'un ton las. Mon premier mariage n'a pas été consommé.

— Mais il a duré plus d'un an !

— Je sais... C'était tellement humiliant... Je n'en ai jamais soufflé mot à personne.

— Barry et toi... vous n'avez jamais... ?

Elle secoua la tête, se décida soudain à tout lui révéler.

— Il m'avait épousée pour mon argent, je vous l'ai déjà dit. Il ne ressentait rien pour moi, mais j'ai mis un certain temps à m'en apercevoir. Nous n'avons pas fait de voyage de noces parce qu'il avait trop de travail... à ce qu'il a prétendu. Après la cérémonie, tous ses amis sont venus fêter l'occasion chez nous. La soirée s'est prolongée jusqu'à trois heures du matin, et Barry avait tellement bu que deux de ses amis ont dû le mettre au lit. Le lendemain soir, il avait une conférence importante. Le soir suivant, il y a eu une autre réception. Et ainsi de suite.

— Je vois.

— Dommage que, moi, je n'aie rien vu, n'est-ce pas ?

— Tu étais très jeune.

— Oui. En toute justice, je ne crois pas que Barry s'était bien rendu compte de ma naïveté et de mon innocence... Au bout d'une quinzaine de jours, je devenais folle et je n'avais personne à qui parler de la situation. J'ai pris mon courage à deux mains pour aborder la question avec lui. Il ne voulait pas d'enfants tout de suite, m'a-t-il répondu, et j'étais si jeune que nous ferions mieux d'attendre. Une fois de plus, je l'ai cru...

« Nous sommes allés à un cocktail donné par Christine Turner. Elle faisait partie de la bande de connaissances de Barry, et je lui enviais sa beauté, son élégance, son assurance. Vers minuit, je suis partie à la recherche de mon mari, parce que je voulais rentrer. Il parlait avec Harley Connelly, l'un de ses meilleurs amis, qui travaillait avec lui...

Ils ne l'avaient pas vue. Barry, elle s'en rendit compte, en était à ce stade de l'ivresse où il faisait ou disait n'importe quoi. Harley, un célibataire endurci, dont le vocabulaire la choquait, agitait un verre et un cigare tout en parlant.

— Tu n'aurais pas dû céder, Barry. Le mariage est un piège que j'ai toujours évité avec soin. Mais, dans ton cas, il y a des compensations : Vicki est plutôt jolie, en dépit de sa pruderie, et on voit tout de suite qu'elle est follement amoureuse de toi.

— Essaie donc de vivre avec cette adoration vingt-quatre heures sur vingt-quatre.

— Cela ne doit pas être désagréable, la nuit.

— Personnellement, ce n'est pas mon type. Une adolescente maigre qui ne sait rien de rien... non, merci.

— Comme c'est intéressant. Et qu'en pense Christine ?

— Elle serait furieuse, si elle pensait que j'avais séduit Vicki. Si seulement elle avait eu de l'argent !

— Les choses ne marchent jamais comme on le veut. Dommage !

— Oui, dommage ! Je ne pouvais pas avoir l'héritage sans me marier avec Vicki, et m'en voilà encombré.

— Tu en as au moins retiré une compensation financière.

Tremblante et malade de dégoût, Vicki dut faire un léger mouvement. Barry se retourna précipitamment.

— Vicki ! Que veux-tu ?

Harley se retira discrètement. Vicki était maintenant d'un calme menaçant.

— Je veux savoir pourquoi tu m'as épousée, ce que Christine a à voir avec toi, pourquoi tu refuses d'avoir le moindre contact avec moi !

— Tais-toi ! ordonna-t-il. On va t'entendre.

— Je m'en moque ! Tout le monde est probablement au courant.

Elle ne se trompait pas : elle le lut dans son regard.

— Elle est ta maîtresse, n'est-ce pas ? reprit-elle. Si tu m'as voulue, c'est seulement à cause de cet héritage.

Il la toisa avec un méchant sourire.

— Quelle autre raison aurais-je eue ?

Ces paroles cruelles la meurtrirent au plus profond d'elle-même. Elle était si laide, si peu désirable que Barry n'avait pas même été tenté de l'aimer.

— Je rentre, déclara-t-elle. Fais ce que tu voudras : après tout, tu es très doué pour cela.

— Cesse donc de faire des histoires !

— Des histoires ? répéta-t-elle avec un rire nerveux. Tu es loin de comprendre ce que tu m'as fait, n'est-ce pas, Barry ? Tu es assez égoïste pour ne pas te rendre compte que les autres ont des sentiments. Comment ai-je pu être assez aveugle ? Et assez stupide pour croire à tes déclarations d'amour ? Tu ignores jusqu'à la signification de ce mot !

Il marmonna une obscénité en écrasant sa cigarette.

— Je vais boire un verre...

Elle rentra en taxi, pleura jusqu'à l'épuisement total et s'endormit finalement...

Avec un sursaut, elle revint à l'instant présent, aux ombres dansantes du feu, à l'étreinte de Guy qui lui offrait un silencieux réconfort. Elle reprit :

— Après avoir entendu Barry parler à Harley, j'ai tout compris. C'était la fin d'un beau rêve, ajouta-t-elle avec un sourire désabusé.

— Que s'est-il passé ensuite ?

Il parlait d'un ton calme, mais la fureur brûlait dans ses yeux, et elle y puisait une étrange consolation.

— Rien. Notre vie a continué, mais je ne prenais plus la peine de sortir avec lui. Quant à l'argent... il en a retiré la plus grande partie, et je n'ai jamais su ce qu'il en avait fait. Il a dû le dépenser pour Christine.

Guy suivait sa propre pensée.

— Ainsi, il n'a jamais posé la main sur toi ?... Oui ou non ? insista-t-il en la voyant hésiter.

— Une seule fois, répondit-elle. Mais, à la vérité, il ne s'est rien passé...

— Raconte.

Elle ne pouvait désobéir.

— C'était un mois environ avant sa mort. Il est rentré

119

un soir plus tôt que je ne l'attendais. Je sortais de la douche... J'avais juste une serviette autour de moi. Il...

Elle frissonna, prise d'une terreur rétrospective.

— Il a voulu te faire violence ?

Elle hocha la tête.

— C'était horrible... j'avais si peur ! Mais, par une ironie du sort, Christine a téléphoné avant qu... Pendant que Barry lui parlait, je me suis habillée et je suis allée m'installer à l'hôtel.

— Es-tu retournée par la suite à l'appartement ?

— Oui. Il le fallait bien. Mais j'ai averti Barry : s'il recommençait, je dirais au président de la compagnie pourquoi, un an plus tôt, mon mari avait eu besoin d'une grosse somme d'argent. Barry le savait trop bien : une enquête signifierait la fin de sa carrière...

Elle ne bougeait plus. Après sa confession, elle se sentait envahie d'une paix étrange. Guy repoussa de sa joue une mèche de cheveux.

— Je te demande pardon de t'avoir fait mal, mais je ne pouvais pas savoir... Tu aurais dû me le dire.

— J'ai essayé... vous ne vous rappelez pas ?

— Quand nous sommes entrés dans la chambre, tout à l'heure ?

— Oui. Mais vous avez raison, j'aurais dû vous en parler plus tôt. Je n'en ai pas eu le courage.

— Sais-tu pourquoi je n'ai pas voulu t'écouter ?

Sa voix avait une telle intensité qu'elle le regarda tout en secouant la tête.

— J'étais rongé par ma jalousie de Barry... d'un mort, lança-t-il, avec un farouche mépris pour lui-même. Il avait été ton mari et, pour moi, il avait connu ton corps dans toute l'intimité du mariage. Je pensais à une seule chose : imprimer ma marque sur toi, devenir pour toi plus réel qu'il ne l'avait jamais été, te faire oublier son existence. Et tu n'avais jamais été vraiment sa femme. Alors, je t'ai fait mal...

Elle posa une main sur sa joue ; elle voulait chasser le tourment de ses yeux.

— Guy, ce n'est rien. Vous ne pouviez pas savoir...

Il pressa ses lèvres contre sa paume. Pour Vicki, toutes

120

les barrières étaient abattues. Guy savait maintenant tout d'elle. Et, blottie à l'abri de ses bras, elle se sentait prête à se laisser guider par lui. Elle ferma les yeux pour tenter d'enfermer à jamais dans sa mémoire ce moment d'intimité.

— Tu as l'air épuisée, l'entendit-elle dire.

Elle ouvrit les yeux au moment où il passait le bout d'un doigt sous sa paupière soulignée d'ombre.

— Où mets-tu ta chemise de nuit ?

— Sous mon oreiller, répondit-elle d'un ton incertain.

Il se leva, enfila sa robe de chambre et sortit. Quand il revint, il avait sur le bras la chemise de nuit.

— Redresse-toi, ordonna-t-il d'un ton sans réplique.

Elle n'avait pas envie de mettre la chemise : elle désirait ses baisers, ses caresses. Mais comment le lui dire ? Elle obéit, et il glissa le vêtement par-dessus sa tête.

— Ne prends pas cet air inquiet, murmura-t-il. Je veux que tu dormes. Tu as eu assez d'émotions pour aujourd'hui.

— Où serez-vous ?

— Je reste ici, avec toi. Allons, allonge-toi.

Elle reposa sa tête sur l'oreiller. Il se pencha pour l'embrasser sur la joue : un baiser fraternel, songea-t-elle avec dépit.

C'était vrai : elle était désespérément lasse. Mais, plus forte que cette lassitude et mêlée à sa déception, elle ressentait une crainte presque superstitieuse : la même situation s'était déjà produite.

Elle ne voulait pas dormir seule, elle voulait Guy près d'elle. Elle le regarda. Il s'était installé dans un fauteuil, près du feu, un livre ouvert sur les genoux ; pour lui, l'incident était clos. Elle sentit le courage lui manquer. Il n'avait plus envie d'elle. Elle se retourna sur son oreiller, s'immobilisa et finit par s'endormir.

Le lendemain matin, le soleil l'éveilla. La mémoire lui revint, et elle fouilla vivement la chambre du regard. Aucun signe de Guy. La porte était entrouverte : il avait déjà dû s'habiller et sortir. La pendule indiquait neuf heures vingt ; elle avait dormi des heures.

Elle entendit soudain des voix dans le vestibule et se couvrit en toute hâte. Stephen demanda :

— Vicki dort dans ta chambre, maintenant ?

— Oui, maintenant que nous sommes mariés. Si tu frappais à la porte ? Elle dort peut-être encore.

— Entrez, cria Vicki. Bonjour, Stephen. Comment vas-tu aujourd'hui ?

— Bien. On t'a apporté du thé.

Tous trois s'assirent sur le lit, et l'enfant décrivit les dessins animés passés le matin même à la télévision. La journée allait se dérouler ainsi, paisiblement, en famille. Ils jardinèrent et préparèrent ensemble les repas ; dans l'après-midi, ils prirent le bateau de Guy pour aller explorer une grotte où l'on trouvait encore des fossiles. Le soleil dansait sur l'eau. Guy était à la barre, les jambes écartées, le vent dans les cheveux, une main sur l'épaule de Stephen. Vicki aurait dû se sentir parfaitement heureuse : elle était avec les deux êtres qu'elle chérissait le plus au monde. Mais elle avait conscience d'un malaise obsédant. Depuis le récit véridique de son mariage, Guy se montrait bon, doux, réconfortant, mais ce n'était pas là le genre de comportement auquel on s'attendait, de la part d'un homme passionné. Ce jour-là, le premier de leur vie commune, il ne l'avait pas embrassée, il ne l'avait pas même touchée, sauf pour l'aider à monter sur le bateau. Pourquoi ? Et qu'allait-il arriver le soir ? Tous ses doutes, toutes ses incertitudes lui revenaient, l'empêchaient de voir la beauté de la mer et du ciel, la joie qui aurait dû être sienne.

Les heures s'écoulèrent lentement. Ils retournèrent à la maison et dînèrent. Ils firent une partie de cartes avec Stephen. L'enfant couché, Guy et Vicki revinrent dans la salle de séjour, et il jeta une bûche sur le feu.

— Nous ferions bien d'attendre qu'il soit endormi, avant d'aller nous-mêmes nous mettre au lit, dit-il.

Et il ouvrit sur ses genoux un carnet de notes.

Assise en face de lui, silencieuse, elle contemplait le cœur incandescent du feu, où la lumière orange et or palpitait d'une vie secrète. Elle avait la gorge serrée, les mains glacées. Elle enviait à Guy sa concentration et elle le redoutait en même temps : il semblait traduire son indifférence à l'égard de la nuit.

Il referma enfin le carnet sur son stylo, se leva, s'étira à la manière d'un fauve.

— Prête, Vicki ?

Elle referma le livre qu'elle n'avait pas lu et se leva à son tour. Elle était très pâle, et ses lèvres avaient un pli d'incertitude et de méfiance. Il la contempla.

— Tu te sens bien ?

— Oui. Vous devriez mettre l'écran devant le feu.

— D'accord. Tu as passé une bonne journée ?

— La mer était magnifique, répondit-elle évasivement.

Il s'approcha, la prit par l'épaule.

— Ce n'est pas ce que je te demandais. Etais-tu heureuse d'être avec nous ? Te sentais-tu de la famille ?

— Mais oui, s'écria-t-elle, perplexe. Je suis toujours contente d'être avec Stephen.

Il pinça les lèvres.

— Avec toi, c'est toujours Stephen, n'est-ce pas, Vicki ?

— Je ne comprends pas. J'aime aussi être avec vous.

— Pourquoi m'as-tu épousé, Vicki ?

Ce secret-là, elle ne pouvait le partager avec lui.

— C'est ridicule, Guy ! protesta-t-elle.

— Réponds-moi, ordonna-t-il en resserrant cruellement son étreinte.

— Lâchez-moi ! fit-elle entre ses dents serrées. Vous savez pourquoi j'ai voulu être votre femme, Guy Travis ! Si je me rappelle bien, vous menaciez de vous débarrasser de moi, dans le cas contraire. Vous avez fait du chantage en connaissant mon attachement pour Stephen... l'auriez-vous oublié ?

Les lèvres de Guy mirent fin à ce torrent de paroles. Ce fut un baiser brutal, intense. Elle aurait pu se débattre pour se dégager, mais la colère l'avait délivrée de la peur, et elle réagit avec la même violence. Elle l'enlaça et ses doigts caressèrent la chevelure de son mari.

Ils se séparèrent par une sorte de consentement mutuel

et silencieux. Guy haletait. Ses yeux étaient couleur de fumée, ceux de Vicki d'or fondu.

— Vicki... commença-t-il.

Dans le vestibule, le téléphone se mit à sonner.

— Qui diable peut appeler à cette heure ? s'écria-t-il avec irritation. Ne bouge pas. J'en ai pour une minute.

Elle s'assit sur le rebord de la cheminée.

— Allô !... fit la voix de Guy. Oui, naturellement, Philip... J'arrive tout de suite. Non, pas de remerciements vous en feriez autant à ma place...

Il raccrocha bruyamment et revint dans la salle de séjour.

— C'était Philip. Carole a des contractions, et le médecin préfère la voir à l'hôpital. Phil demande que l'un de nous deux vienne garder les enfants. Je vais y aller, et tu resteras ici. D'accord ?

La jeune femme, inquiète, hocha la tête.

— Tout ira bien, j'espère. Faites-lui mes amitiés.

Elle le suivit jusqu'à la porte de derrière. Il se retourna vers elle.

— Nous poursuivrons cette conversation à mon retour. Dors bien.

— Je ne vois pas bien la nécessité d'une discussion, fit-elle en reculant d'un pas. Quelles qu'en soient les raisons, nous sommes mariés. Il est un peu tard.

— Je ne suis pas d'accord. Mais cela peut attendre. Dors bien. Nous avons autre chose à reprendre, à mon retour : ce baiser.

La porte claqua derrière lui, et elle tourna la clé dans la serrure. Elle suivit des yeux par la fenêtre les faisceaux toujours plus faibles de ses phares. Quelques minutes plus tard, elle vit passer la voiture de Philip et fit une rapide prière pour Carole et son enfant à naître. Puis, sans même y songer, elle gagna sa propre chambre et se mit au lit.

Le lendemain, elle fut tirée du sommeil par la sonnerie du réveil ; c'était inhabituel : Stephen s'éveillait toujours avant tout le monde. Quand elle passa dans sa chambre, elle le trouva dolent et fiévreux, les joues rouges, le front brûlant. Une grippe, sans doute. Elle lui apporta un jus d'orange et un cachet d'aspirine. Il se rendormit très vite. Elle achevait son petit déjeuner quand elle entendit arriver la voiture de Guy. A son entrée, elle lui posa une question du regard.

— Fausse alerte, expliqua-t-il. Les douleurs ont cessé vers deux heures du matin, et Philip l'a ramenée. Carole, naturellement, est folle de rage, ajouta-t-il en souriant.

— Asseyez-vous, je vais vous servir. J'ai gardé Stephen à la maison : il est fiévreux.

— Ah ? Je vais aller le voir. En même temps, je prendrai une douche rapide. Je n'ai pas beaucoup dormi, la nuit dernière ; cela me réveillera peut-être.

En buvant son café, il donna à Vicki tous les détails de la visite à l'hôpital de Carole.

— Je vais essayer de travailler un peu, dit-il ensuite. Je te reverrai au déjeuner.

Les heures s'étirèrent en longueur. La jeune femme tenta de travailler à son propre livre, mais sans succès. Stephen dormit pendant la plus grande partie de la journée ; en fin d'après-midi, il allait mieux. Il avait retrouvé son appétit et son exubérance habituelle. Néanmoins, il ne protesta pas pour aller se recoucher. A neuf heures, il était rendormi.

Vicki et Guy sortirent de sa chambre sur la pointe des pieds. Vicki allait retourner dans la salle de séjour, mais la main de son mari se referma sur son bras.

— Non... vous me faites mal !

Il desserra très légèrement les doigts.

— Nous allons dans ma chambre.

— Mais il est encore tôt...

— Tant mieux : nous aurons plus de temps.

Cette fois, la peur l'emporta sur la colère, et elle se laissa guider vers la chambre. La porte fermée, il tourna Vicki vers lui. Elle sentait les battements de son cœur l'étouffer. Quand il parla, ce fut avec une certaine inquiétude.

— Tu as l'air fatigué.

— Je le suis. Pourquoi ne pas me laisser dormir dans ma chambre ?

— Ta chambre est ici, dorénavant. Mais tu n'y as pas

couché, la nuit dernière, je l'ai remarqué. Tu ne vas pas en faire une habitude, Vicki.

Toute la tension accumulée en quarante-huit heures explosa soudain. Elle éclata de rire.

— Je ne vois pas bien la différence. Nous sommes mariés depuis deux jours... en théorie mais pas en réalité, n'est-ce pas, Guy ? Je ne suis pas votre femme, et nous, nous le savons, n'est-ce pas ? C'est comme la première fois...

Il la secoua.

— Assez, Vicki ! Ce n'est pas vrai, et tu le sais.

— Mais si... Chaque soir, il y avait un prétexte...

— Nous avons passé une seule nuit ensemble, et tu étais épuisée. Hier... pouvais-je dire non à Phil ?

— C'est vrai, articula-t-elle dans un sanglot. Mais Barry avait toujours d'excellentes excuses...

— Je ne suis pas Barry. Comprends-le une fois pour toutes.

Elle frissonna, baissa la tête, et ses cheveux cachèrent son visage.

— Pardon. Mais cette répétition est horrible. Elle me fait peur.

— Je te demande pardon, moi aussi, murmura-t-il en la serrant contre lui. Je n'aurais pas dû me mettre en colère. Ces deux jours m'ont paru interminables... je te désirais...

Elle l'interrompit : il lui fallait la vérité.

— Vous me désirez vraiment, Guy ?

Il plongea dans ses yeux son regard infiniment grave.

— Je te désire plus que je n'ai jamais désiré aucune femme. Pour moi, tu es toute la beauté, toute la passion.

Si elle ne le croyait pas maintenant, jamais elle ne le pourrait. Ses frissons se calmèrent. Elle attendait. D'une main un peu tremblante, il lui effleura les joues, les lèvres.

— Vicki, souffla-t-il, c'est la première fois pour toi, je le sais. Veux-tu me faire confiance ?

Elle posa ses mains sur ses épaules. C'était lui, à présent, qui avait besoin d'être rassuré. Elle dit, avec toute la générosité de sa nature :

— Oui, Guy.

Comme pour sceller un pacte, elle se haussa vers lui et déposa un léger baiser sur ses lèvres avec un mélange enchanteur de timidité et d'audace. Elle le sentit frémir, et Guy répondit avec ardeur.

Vicki demeurait immobile, les cheveux répandus sur l'oreiller comme des algues dans l'écume des vagues. Elle venait d'accomplir un long voyage mais, grâce à la tendresse de son mari, elle l'avait fait sans crainte, avec joie. Grâce à lui, elle était, pour la première fois de sa vie, une femme.

Appuyé sur un coude, il l'observait.

— Guy ? fit-elle d'un ton hésitant.

— Oui, ma chérie ? répondit-il en portant à ses narines une mèche de ses cheveux pour en respirer le parfum.

Elle posa une main sur ses hanches.

— Guy, je veux te dire une chose tout de suite ; après, nous l'oublierons. Je suis heureuse de n'avoir jamais été la femme de Barry. Je suis heureuse que ce soit toi qui... Merci, acheva-t-elle précipitamment, les yeux embués de larmes.

Il l'embrassa doucement, longuement.

— Je ne te mérite pas, Vicki. Tu es si généreuse, tu donnes tout ce que tu as...

Il hésita, perdu dans de vieux souvenirs.

— Je parle rarement de la mère de Stephen, Corinne. Mais je veux que tu le saches : cette nuit a été unique pour moi aussi. Pour toi, je crois, il était aussi important de donner du plaisir que d'en recevoir... Je n'avais jamais connu cela. A mon tour de te remercier.

Il s'allongea près d'elle, la serra contre lui, et, au son de sa respiration contre son oreille, à la chaleur de son corps contre le sien, elle s'endormit.

11

On frappait doucement à la porte.

— Papa ? Vicki ? Personne ne m'a réveillé pour aller à l'école.

La tête de Guy reposait sur la poitrine de Vicki. Il lui sourit et remonta les couvertures.

— Entre, Stephen.

— Il est neuf heures, annonça le petit garçon. Pourquoi avons-nous dormi si tard ?

— Je me le demande, fit Guy avec un regard malicieux.

— Tu as dormi plus longtemps parce que tu te remettais de ta grippe, Steve, expliqua Vicki. Comment te sens-tu ?

— Très bien. Est-ce que je reste à la maison ?

— Cela vaut mieux, je pense, si tu avais de la fièvre hier, déclara son père.

— Chic ! Je vais pouvoir jouer avec mes voitures de sport, s'écria Stephen en s'élançant vers la porte. Papa, ajouta-t-il, arrêté dans sa course, tu me grondes toujours quand je laisse mes vêtements par terre. Pourquoi en fais-tu autant ?

Par bonheur, l'enfant n'attendit pas de réponse : Guy n'en avait pas. Vicki fut prise d'un fou rire irrépressible.

— Tu te moques de moi ? la taquina-t-il. Ce sont tes habits à toi aussi, tu sais... Je voudrais pouvoir rester là toute la journée, murmura-t-il en soupirant. Mais mieux vaut nous lever, je suppose.

Un dernier baiser, et il la quitta. Renversée sur les

oreillers, elle l'admirait. Il baissa les yeux sur les cheveux en désordre, les cernes bleutés sous les paupières, la ligne sensuelle des lèvres.

— Si tu prends cet air-là, je ne pourrai jamais aller travailler.

— Je te conseille une douche froide, dit-elle.

Il éclata d'un grand rire, et elle ressentit une immense tendresse pour lui.

— Accorde-moi un petit plaisir, veux-tu ? reprit-il. Mets le caftan offert par Carole. Sans rien dessous... Stephen ne verra pas la différence ; moi, oui.

Il disparut dans la salle de bains, et elle s'étira longuement. Jamais elle n'avait été aussi heureuse. Il ne lui avait pas déclaré son amour, mais toute son attitude l'exprimait plus clairement que les mots. Elle se leva en fredonnant et gagna son ancienne chambre. Là, elle prit rapidement une douche, avant de passer le caftan aux amples plis.

Dans la cuisine, Stephen avala en hâte ses céréales pour retourner à la salle de jeux. Guy et Vicki s'attardèrent à savourer leur café.

— Tu vas devoir m'enfermer à clé dans mon bureau, aujourd'hui, fit-il en bâillant. A propos, comment va ton livre ?

— Lentement.

— Il faut te discipliner. Prends exemple sur moi...

Il se resservit du café. Elle leva les yeux au plafond.

— Choisis : ou bien je travaille au chapitre cinq, ou alors je prépare un succulent rôti accompagné de délicieux légumes et une tarte aux abricots pour le dessert...

— Tu fais appel à mes plus bas instincts, protesta-t-il, en attardant délibérément son regard sur son décolleté.

Elle rougit et se leva.

— Oh, voilà quelqu'un... Phil et Carole. Tout va bien, j'espère.

Carole eut tôt fait de dissiper son inquiétude.

— Je vais très bien, annonça-t-elle. Je suis seulement furieuse !

Vicki voulait faire du café frais. Elle tendit la main vers la boîte en même temps que Guy, et ils se heurtèrent. Il passa les bras autour d'elle, et elle s'appuya un instant contre lui, en un geste révélateur.

— Vous, en tout cas, déclara Carole, vous êtes superbe. Le mariage vous va bien.

— Oh, merci... balbutia la jeune femme, écarlate.

— Et moi ? demanda Guy. Je n'ai pas droit aux compliments ?

— Mais si, vous avez une mine superbe comme toujours... Puis-je prendre un croissant, Vicki ?

Pendant toute la journée, la jeune femme baigna dans le bonheur le plus complet.

Le lendemain, Stephen retourna à l'école. Vicki passa la matinée à transporter ses affaires dans la chambre de Guy, à faire de la pâtisserie, à coucher sur papier quelques croquis pour son livre. Après le déjeuner, Guy, à regret, regagna son bureau : il attendait un coup de fil de son éditeur. Vicki décida d'aller faire une promenade et, les mains dans ses poches, cheveux au vent, elle prit la route de la falaise. Heureuse de vivre, elle respirait l'air salé à pleins poumons et marchait d'un bon pas. Au sommet de la colline, elle vit une camionnette grimper péniblement dans sa direction. C'était Nils... Ravie de voir son vieil ami, elle agita la main et l'attendit avec un large sourire. Il abaissa sa glace.

— Bonjour, Nils ! cria-t-elle. Cela fait une éternité que je ne vous avais vu. Je vous attendais bien avant.

— J'avais trop à faire. La saison est bonne, répondit-il en lui souriant à son tour.

— Attendez, je vais monter, et nous irons jusqu'à la maison. Vous dînez avec nous, j'espère ?

— Nous ferions mieux de ne pas y aller tout de suite. J'ai quelque chose à vous dire.

— Moi aussi !

Mais, déjà, il fixait sa main gauche. Il avait remarqué l'alliance et avait pâli sous son hâle.

— Que signifie cela ? interrogea-t-il.

Vicki avait espéré qu'il avait oublié sa demande en mariage. Par malheur, elle s'était trompée.

— Je me suis mariée il y a quatre jours, Nils.

— Avec qui ?

— Guy, bien sûr.

— Mon Dieu, Vicki, pourquoi avez-vous fait ça ?

— Je suis tombée amoureuse de lui, fit-elle simplement... Je suis désolée, Nils...

Il ne semblait pas l'avoir entendue.

— Montez, ordonna-t-il d'une voix rude.

Elle grimpa sur le siège. Les traits de Nils étaient figés et sombres ; il frappait du poing sur le volant avec une violence contenue qui effraya Vicki.

— Je suis désolée, répéta-t-elle. Je ne pensais pas que vous le prendriez si mal.

— Ce n'est pas seulement pour moi.

Précautionneusement, Nils fit reculer le camion pour effectuer un demi-tour et redescendre la colline.

— Nous nous arrêterons un peu plus loin, là où nous pourrons parler.

— Parler de quoi ? questionna-t-elle, inquiète.

— Vous verrez.

Il prit sur la gauche un chemin qui menait à un appontement de planches abandonné. Les yeux fixés sur l'horizon lointain, Nils commença :

— Si vous vous rappelez, je vous avais dit que j'avais entendu parler de Guy, mais je ne me souvenais plus à quel propos.

Elle hocha la tête : un pressentiment de désastre proche l'envahit.

— Après votre départ, je me suis rendu un jour à la bibliothèque municipale et j'ai cherché son nom dans la section où l'on garde les journaux et les magazines. Et j'ai trouvé ce que je cherchais.

Pour la première fois, il regarda la jeune femme.

— Il y a de cela une semaine. Si j'étais venu tout de suite, vous ne l'auriez pas épousé. Mais je ne pensais pas que cela pressait et j'avais déjà manqué une journée de pêche.

— Qu'avez-vous trouvé ? murmura-t-elle d'une voix faible.

— Cet homme est un monstre, Vicki. Il a conduit sa

femme à la mort. Ce n'est guère étonnant que son frère soit venu pour la venger.

Harold... Le frère de Corinne, qui haïssait Guy au point de vouloir lui enlever son fils. Vicki saisit avec force le bras de Nils.

— Guy n'est pas ainsi ! cria-t-elle. C'est un homme honnête et droit, je le sais !

Dans les yeux bleus de Nils, il n'y avait pas de colère, rien que de la pitié, et elle en fut encore plus effrayée. Elle reprit difficilement son calme.

— Nils, dites-moi de quoi il est soi-disant coupable.

Il fouilla dans le vide-poche de la portière, en tira une chemise cartonnée.

— J'ai photocopié les articles.

Sans la regarder, il plaça le dossier sur ses genoux. Elle l'ouvrit sur une photo : Guy, en tenue de soirée, avait à son bras une femme grande et mince, d'une exquise beauté, enveloppée de luxueuses fourrures. La légende disait : « L'écrivain Paul Tarrant et sa femme, la célèbre actrice Corinne Lingard, viennent assister à la première du tout dernier film de Corinne. Ils apportent ainsi un démenti aux rumeurs d'une séparation. » Le feuillet suivant, tiré d'un magazine de cinéma, montrait Corinne en gros plan, souriante : « Corinne Lingard était hier soir en compagnie du réalisateur américain Stanislas Protsky. Ces derniers temps, on a beaucoup vu ensemble M. Protsky et Miss Lingard. Seul commentaire du mari, Paul Tarrant : « Je n'ai rien à dire. »

Une autre photo de Corinne, avec le petit Stephen, montrait un visage grave, une expression de souffrance courageusement supportée. « L'actrice Corinne Lingard est officiellement séparée de son mari, l'écrivain Paul Tarrant, épousé sept ans plus tôt. Ci-dessus, avec son fils Stephen, Miss Lingard a déclaré : « Mon mari et moi, nous sommes tombés d'accord pour décider qu'une séparation était nécessaire, dans notre intérêt et celui de notre fils. Stephen, naturellement, vivra avec moi. J'ai l'intention d'interrompre momentanément ma carrière, afin de passer plus de temps avec lui. » Nous n'avons pu joindre M. Tarrant, qui se trouve actuellement à Londres. »

Venait ensuite un article de journal, sous le titre : « Une actrice accuse son mari d'avoir enlevé leur fils. » Vicki ferma les yeux, la tête vide, les oreilles bourdonnantes. Très pâle, elle parvint à lire le court paragraphe. Guy, de retour d'Angleterre, avait apparemment enlevé Stephen dans l'appartement de Corinne et l'avait emmené dans sa propre maison. A l'intention des journalistes, de nouveau, cet énigmatique « Rien à dire ».

Le regard désespéré de Corinne dans un masque tragique. « Bouleversée, la célèbre actrice réclame son enfant. »

Article après article. Les réactions du public en faveur de Corinne. L'hostilité croissante contre Paul Tarrant. Le procès prévu. Le commentaire de Stanislas Protsky : « Naturellement, Miss Lingard gagnera. La place de Stephen est auprès de sa mère. » Une photo de Guy, seul, l'air furieux. Un appel de Corinne à la télévision…

Enfin, un gros titre : « L'ACTRICE CORINNE LINGARD SE TUE EN AVION. Miss Lingard, qui possédait son brevet de pilote depuis dix ans, s'est tuée hier aux commandes du petit appareil de son mari, en se rendant de Winnipeg à Toronto. Une enquête est en cours pour déterminer les causes de l'accident. Miss Lingard devait se présenter mercredi devant le tribunal pour demander la garde de son fils, Stephen, enlevé voici deux mois par son ex-mari, l'écrivain Paul Tarrant. » Un périodique moins prudent proclamait : « Une actrice se tue dans l'avion de son mari avant le procès. L'enfant restera désormais à la garde de son père. »

Le dernier feuillet. « Les obsèques de Corinne Lingard au milieu d'une foule hostile. » Une photo de Guy, les traits déformés par une grimace, pendant qu'il se frayait un passage vers le corbillard.

Abattue, Vicki referma le dossier.

— Vous voyez ce que je veux dire, fit Nils.

Elle reprit les articles un à un, chercha désespérément une issue. Il n'y en avait pas. De très loin lui revint le souvenir de la voix de Guy : « Je ne l'ai pas tuée, vous savez. » Lui avait-il menti ?

Mais pourquoi aurait-il commis une telle action ? Il n'y avait rien gagné ; on l'avait traîné dans la boue. Une réponse lui vint : il aimait encore Corinne ; il n'avait pas voulu la voir le quitter. Quand elle l'avait fait, il lui avait repris Stephen. Sous cet angle, la tentative de Harold prenait une grossière apparence de justice... Pauvre Harold, qui pouvait lui en vouloir d'avoir essayé de venger sa sœur tant aimée ?

— Je ne comprends pas pourquoi je n'ai jamais entendu parler de cette affaire, fit-elle d'un ton morne.

Elle rouvrit le dossier, et une date lui sauta aux yeux : janvier de l'année précédente. Barry s'était tué en janvier, et, après sa mort, elle avait été obsédée par un sentiment de culpabilité, assaillie par les créanciers...

— Si seulement j'étais venu vous apporter tout cela immédiatement, répéta Nils. Vous ne l'auriez pas épousé, n'est-ce pas ?

— Non, convint-elle lentement. Sans doute pas.

— Qu'allez-vous faire ?

Elle se sentait trop à l'étroit dans le camion.

— Marchons un peu sur la plage, proposa-t-elle.

Ils écrasaient sous leurs pieds des coquillages, des algues de toutes sortes. La jeune femme était glacée. Elle se répétait une question qui demeurait sans réponse : qu'allait-elle faire ?

— Cela peut être faux ! explosa-t-elle. Stephen et Guy s'adorent, j'en suis sûre.

— Personne n'a jamais prétendu qu'il n'aimait pas son fils, déclara Nils. Et Stephen devait avoir à l'époque quatre ou cinq ans. Il ne savait sans doute même pas ce qui se passait.

— Que vais-je faire ?

Le vent emporta son appel désespéré.

— A votre place, je partirais d'ici le plus vite possible.

— Je ne peux pas, Nils !

— Comment pouvez-vous aimer un homme qui a agi de manière aussi vile ? Les journaux ne pouvaient pas aller jusqu'au bout : ils auraient été cités en diffamation.

Mais on le sent : ils étaient sûrs qu'il y avait quelque chose sous cet accident d'avion.

Elle secoua la tête avec obstination.

— Mais il y a aussi Stephen. Je lui ai promis de ne jamais le quitter. Il me considère comme sa mère...

— Mieux vaut partir maintenant que dans un an. Les enfants sont solides. Il se consolera.

— Je ne peux pas lui faire cela.

Une vague s'enroula autour d'un rocher et se désintégra en un jaillissement d'écume.

— Je vais rentrer, Nils, et avoir une explication avec Guy. Peut-être ne savons-nous pas tout, ajouta-t-elle avec un espoir soudain.

— Je ne crois pas, Vicki.

Le regard de Nils était plein de compassion. A son avis, elle invoquait des probabilités pour éviter de regarder la vérité en face.

— Guy doit avoir une chance de se défendre, reprit-elle. Je ne peux pas le condamner ainsi... Non, je ne veux pas partir. Ma place est ici, avec Guy et Stephen. Voulez-vous me ramener ?

Une fois à l'intérieur, il claqua violemment la portière. Le trajet se fit en silence. Au haut de la colline, se dressait la maison de Guy, leur maison, toujours la même. C'était Vicki qui avait changé.

Nils la déposa au bout de l'allée. Il désigna le dossier et lança d'une voix rauque :

— Vous voulez le garder ?

— Non, je n'en aurai pas besoin. Au revoir, Nils.

— Vicki, je voudrais... Oh, après tout, à quoi bon ? Si vous avez besoin de moi, vous savez où me trouver.

Elle regarda disparaître le camion. Alors seulement, elle se dirigea vers la demeure.

12

Guy était sur le perron de la porte de derrière. Vicki ralentit le pas. En une heure, se disait-elle, tout son univers avait été bouleversé. L'homme qui se tenait là était devenu pour elle un étranger. Dès qu'elle fut à portée de voix, il demanda :

— C'était Nils, n'est-ce pas ? Pourquoi n'est-il pas venu ?

— Il avait du travail. Il devait rentrer.

— J'ignorais que tu devais le voir cet après-midi.

— Moi aussi. Il est arrivé à l'improviste.

— Que t'a-t-il dit ? insista-t-il.

— Est-ce un interrogatoire ? éclata-t-elle. J'ai le droit d'agir librement, même si nous sommes mariés !

Visiblement déconcerté, Guy conserva une louable patience.

— Vicki, il y a quelque chose, je le sais. Pourquoi ne pas me dire de quoi il s'agit ?

Le car scolaire, d'un jaune vif, franchit la crête de la colline, et Vicki soupira de soulagement. L'arrivée de Stephen allait retarder l'inévitable confrontation. L'enfant descendit du car avec les deux petits Hunter, et tous trois remontèrent l'allée en courant. Il fallut distribuer le lait et les biscuits, et la jeune femme se laissa ensuite entraîner dans une partie de ballon. Quand elle rentra pour préparer le dîner, Guy était au téléphone dans son bureau, ce qui lui donna un nouveau sursis.

Il entra dans la cuisine au moment où elle sortait une tarte du four. Il demanda sans préambule :

— Cela te plairait-il d'aller passer deux jours à Toronto?

— Pour quoi faire? s'enquit-elle en se redressant.

Elle le vit froncer les sourcils devant le ton sec de sa voix et en fut heureuse.

— Mon éditeur me demande de venir participer à deux émissions télévisées. Il en avait déjà été question, mais j'ai eu d'autres préoccupations...

Elle fit mine de ne pas voir son sourire entendu.

— J'avais oublié, reprit-il. Nous devrions partir demain... Mme Sampson est disposée à rester avec Stephen. Nous aurions un voyage de noces, en fin de compte!

Elle lava les pommes de terre, mit du sel dans la casserole.

— Je préfère ne pas y aller, Guy. Stephen n'a pas encore eu le temps de s'habituer à notre mariage.

Il s'approcha, lui ôta la casserole des mains et la prit par les épaules. Il semblait déçu, blessé.

— Je ne comprends pas. Je croyais te faire plaisir...

— Par notre mariage, je suis devenue la mère de Stephen, déclara-t-elle. Je prends mes responsabilités au sérieux.

— Je ne vais pas laisser Stephen s'interposer entre nous, fit-il nettement. Je ne t'ai pas épousée pour lui donner une mère mais parce que je te voulais pour femme. Et je veux que ma femme m'accompagne à Toronto.

Douloureusement, elle songea à quel point la même invitation l'aurait rendue heureuse, le matin à peine. A présent, elle était soulagée à l'idée que le départ de Guy lui assurerait deux jours de solitude, l'occasion de réparer plus ou moins les dégâts causés par Nils.

— Je n'irai pas, déclara-t-elle, le regard impénétrable.

— Vicki, tu te tourmentes trop à propos de Stephen. Il est habitué à me voir m'absenter de temps à autre. Si nous partons ensemble, il saura que nous reviendrons au jour dit.

— Sa mère n'est jamais revenue, lança-t-elle.

Elle vit ses traits se contracter de douleur. Il souffrait

parce que Corinne, sa ravissante Corinne, était morte et ne reviendrait jamais...

Les yeux de Guy la pétrifiaient. Jamais elle ne lui avait connu cet air dangereux.

— Tu ferais bien de t'expliquer, ordonna-t-il avec un calme redoutable.

Elle n'eut pas le temps de répondre : Stephen ouvrit la porte à la volée.

— Papa, le ballon est tombé derrière les rochers, on ne peut pas le rattraper. Tu peux venir le chercher ?

Tremblante, Vicki les regarda s'éloigner. Si elle pouvait tenir jusqu'au lendemain... elle aurait ensuite deux jours pour examiner de plus près ce qu'elle avait appris...

Le soir vint. La veille, Vicki avait eu hâte de se retrouver dans les bras de Guy. Ce soir, elle redoutait le passage du temps, elle sentait à quel point il lui serait difficile de se comporter normalement.

C'était impossible, elle le découvrit bientôt. Dans leur chambre, Guy entreprit de se déshabiller et posa les yeux sur la mince silhouette de sa femme.

— Tu ne retires pas ta robe de chambre ?

Sa voix lui parut venir de très loin. Elle regarda autour d'elle, comme si elle n'avait jamais vu la pièce. Que faisait-elle là ? Qui était cet étranger qui exerçait sur elle toutes les prérogatives d'un mari ?

— Vicki, es-tu malade ? Dis-moi ce qui ne va pas.

Il l'enlaça, et le visage de Vicki se retrouva contre sa poitrine. Sous sa joue battait le cœur de son mari, fortement, régulièrement. Il avait dû tenir ainsi Corinne, avant que l'amour ne se changeât en haine...

Folle de dégoût, elle le repoussa.

— Ne me touche pas... Je ne peux pas le supporter !

Elle ne s'attendait pas à la rapidité, à la violence de sa réaction. D'un seul mouvement, il la jeta sur son épaule et la laissa tomber sur le lit. Il l'y rejoignit, lui immobilisa les bras.

— Maintenant, avoue. Depuis le départ de Nils, tu te conduis étrangement. As-tu finalement décidé que tu l'aimais ? Si oui, tant pis. Tu es ma femme et tu le resteras.

Un rire nerveux la secoua : il était si loin de la vérité !
Les yeux étincelants de rage, il ordonna :

— Réponds-moi !

Une colère intense la délivra de son morne désespoir.

— Oui, je vais te répondre. Et tu souhaiteras que je n'aie rien dit. De mon côté, je voudrais n'avoir jamais posé les yeux sur toi et, surtout, ne t'avoir jamais épousé !

— De quoi diable parles-tu ?

— De Corinne, s'écria-t-elle. Ta première femme. La mère de ton fils. Tu l'aimais, n'est-ce pas ? Tu me l'as dit. Tu n'as pas supporté de la voir te quitter pour un autre. Alors, tu t'es vengé... tu lui as pris son fils !

Une horrible souffrance déforma les traits de l'homme qu'elle aimait, et, un instant, elle en oublia la sienne. Il laissa retomber sa tête sur son bras replié, et son murmure brisa le cœur de Vicki :

— Même de la tombe, elle se refuse à me laisser en paix !

Un ultime espoir mourut.

— Ainsi, c'est vrai. Tu lui as pris son fils. Et, avant d'avoir pu réclamer son retour, elle est morte... dans ton avion.

Il gardait le silence, dans l'attitude d'un vaincu.

— Guy, comment as-tu pu m'épouser, dans ces conditions ? chuchota-t-elle, désespérée.

Il leva vers elle un visage hagard.

— Ne prétends pas que tu ne savais rien ! Comment aurais-tu pu ignorer l'idylle de ma chère épouse avec tous les journaux du pays ?

— Je l'ignorais pourtant. C'est Nils qui m'a tout appris cet après-midi.

— Et, naturellement, tu en as cru chaque mot ?

— Il avait des photos, des coupures de journaux, des articles de magazines... Il n'avait pas besoin de parler.

— Prends-tu au sérieux ce que publient les journaux ?

Apeurée sans savoir pourquoi, elle riposta calmement :

— C'était écrit noir sur blanc.

— C'est navrant que tu ne l'aies pas vue à la télévision, fit-il méchamment. Là, c'était en couleur. Elle aurait tiré des larmes à un criminel endurci.

— Je peux comprendre que tu l'aies détestée, si elle voulait vivre avec un autre. Mais fallait-il utiliser Stephen comme une arme contre elle ?

Pour elle, c'était cela le plus difficile à comprendre, ce qui ressemblait le moins au Guy qu'elle aimait.

Il se redressa sur son séant.

— Tu m'en crois vraiment capable ? demanda-t-il d'un ton égal.

— Que puis-je croire d'autre ? souffla-t-elle, en tendant inconsciemment vers lui une main suppliante.

Il rabattit cette main avec une violence qui lui arracha un cri.

— Tu aurais peut-être pu essayer de me faire confiance, attendre ma propre version ! Mais non, tu m'as condamné sans m'entendre !

Sa colère s'éteignit subitement.

— Comme tu dois me mépriser, maintenant...

Il se trompait : elle l'avait toujours aimé et ne changerait pas. Elle n'avait rien à perdre en le lui avouant.

— Guy, je...

— Non, Vicki, la coupa-t-il d'un ton las. J'en ai assez pour ce soir. Pendant mon séjour à Toronto, poursuivit-il en se levant, nous ferons bien de réfléchir à ce que nous allons faire ensuite. Dieu sait que je n'en ai pas la moindre idée. En attendant, je vais passer la nuit dans mon bureau.

Elle avait désiré la solitude et pourtant, elle quitta le lit, l'implorant :

— Je t'en prie, ne pars pas ! Ne pouvons-nous...

Elle s'interrompit devant son sourire entendu.

— Si je reste, Vicki, tu sais ce qui va arriver. Est-ce ce que tu désires ?

Il l'attira tout contre lui, la caressa. Son baiser fut d'une violence inouïe, mais du moins était-il réconfortant, après cette avalanche de mots douloureux, amers. Un instant, des émotions contradictoires l'assaillirent. Enfin, elle l'entoura de ses bras, entrouvit les lèvres. Elle avait sa réponse : elle ne pouvait pas vivre sans lui...

Il la repoussa brutalement, et elle retomba sur le lit, les yeux agrandis d'horreur.

— Quelle femme es-tu donc ? jeta-t-il d'une voix rauque. Te laisserais-tu embrasser par un homme que tu méprises ?

Oubliant son amour-propre, elle se redressa avec une espèce de dignité désespérée.

— Tu es mon mari... et je t'aime.

Il marcha vers elle, et elle eut peine à conserver son sang-froid devant l'intensité de sa rage.

— Tu me crois capable d'une action abominable et pourtant, tu m'aimes... comme c'est touchant ! Tu voudras bien me pardonner si je n'en crois rien. Je t'aurais tenue en plus haute estime si tu m'avais crié ta haine !

Chaque mot était pour elle un coup cruel. Elle se demanda si elle allait s'évanouir. Il lui restait une seule arme : une franchise brutale, sans nuances.

— Peu importe que tu me croies ou non. C'est la vérité, voilà tout. Quoi que tu aies pu faire, je t'aime...

Il tenait devant lui ses mains crispées et, durant un instant d'égarement, elle crut les sentir se resserrer sur son cou. Livide, avec des mouvements saccadés, elle s'éloigna de lui à reculons ; une fois dans le couloir, elle s'enfuit en direction de son ancienne chambre. La porte refermée, elle bloqua sous la poignée le dossier d'une chaise.

Elle perdit alors le contrôle d'elle-même. La terreur, la souffrance, l'humiliation s'emparèrent d'elle, avec toute la violence d'une tempête. Ce soir-là, quelque chose de beau, de précieux avait été à jamais détruit. Elle se jeta sur le lit et laissa libre cours à son chagrin, à ses larmes. Elle pleura, pleura... Son cœur ne trouverait pas le repos...

Vicki dut s'endormir. La nuit s'écoula, et, avec le jour, elle retrouva un peu son calme. La lumière nacrée du matin illuminait l'océan. Tout était calme, et un léger espoir renaquit.

Elle se prépara, se maquilla pour tenter de dissiper les traces de larmes. Stephen était dans la cuisine.

— Dommage que papa s'en aille, dit-il. Mais je suis

content que tu restes. Tu joueras encore au ballon avec nous, demain, après l'école ?

— Où est ton père ? s'enquit-elle, la gorge sèche.

— Il fait ses bagages. Dis, tu joueras ?

— Pardon ? fit-elle d'un ton absent.

— Tu joueras au ballon ? répéta-t-il impatiemment.

— Oui, bien sûr, murmura-t-elle.

Elle entendit les pas de Guy. Ainsi, il avait décidé de se rendre seul à Toronto. Très bien... Avec un effort pour mettre dans sa voix un peu d'animation, elle s'adressa à Stephen :

— Je vais téléphoner à Carole et lui demander si les garçons peuvent venir dîner avec nous et peut-être passer la nuit ici... Cela te plairait ?

— Oh oui ! On pourra jouer aux voitures de course... Hé, papa, as-tu entendu ?

— Oui. Cela vous fera de la compagnie à tous les deux, répondit Guy, le dos tourné. Mon avion décolle à onze heures et demie, poursuivit-il. Je partirai d'ici vers huit heures et demie. Je serai de retour lundi soir vers neuf heures.

— Mais cela fera trois jours ! s'écria Vicki.

— Je rendrai visite à des amis, rétorqua-t-il froidement.

Ainsi, il trouvait déjà des prétextes pour rester loin d'elle, songea-t-elle avec tristesse.

A huit heures et demie, Stephen partit en courant prendre le car. Seule dans la cuisine, Vicki empilait des assiettes sur la table. Quand elle entendit derrière elle la voix de Guy, elle en laissa échapper une qui se brisa sur le carrelage.

— Tu disais ? balbutia-t-elle en ramassant les débris.

— Laisse cela un instant. J'ai à te parler.

Elle se tourna vers lui. Le maquillage ne pouvait pas dissimuler les cernes violacés, sous ses yeux, ni sa pâleur.

— Oui ?

Elle remarqua des rides nouvelles sur son visage.

— Je t'ai fait peur, hier soir... je te demande pardon. Toute cette dispute à propos de Corinne... poursuivit-il avec effort. Peut-être n'exorciserai-je jamais ce fantômelà mais du diable si je vais me justifier auprès de toi ou de n'importe qui. Si tu tiens à croire toute cette publicité, libre à toi... En mon absence, reprit-il calmement, tu devras décider de ce que tu veux faire : rester ou partir.

Epouvantée, Vicki s'exclama :

— Tu souhaites mon départ ?

— La décision t'appartient.

Une fois de plus, elle eut l'impression d'avoir détruit quelque chose de fragile et de précieux. Guy ne ferait rien pour la retenir... Parce qu'elle n'en valait pas la peine ?

— Nous en reparlerons à mon retour, acheva-t-il.

Elle était comme paralysée. Il prit sa valise de cuir et son porte-documents, jeta son imperméable sur son bras.

— J'ai laissé le nom et le numéro de téléphone de mon hôtel sur la commode de ma chambre, en cas d'urgence.

Il s'arrêta, enfin conscient de l'immobilité de la jeune femme. A regret, il ajouta :

— Prends bien soin de toi, veux-tu ?

— Toi aussi, murmura-t-elle.

Comme pressé d'en finir, il traversa la pièce à grands pas. Un moment après, elle entendit diminuer le bruit du moteur. Elle courut jusqu'à leur chambre, écarta les rideaux pour voir la route. Quand la voiture eut disparu derrière la colline, elle se retourna pour contempler la pièce. Elle avait connu là un bonheur parfait. Mais la veille au soir, cet univers de joie qu'ils avaient créé ensemble s'était brisé en mille morceaux, laissant un vide que rien ni personne ne pourrait jamais combler.

Avec des gestes mécaniques, elle replia soigneusement le dessus-de-lit et ôta ses chaussures. Elle s'allongea, le visage enfoui sous l'oreiller. Trop épuisée pour pleurer, elle ferma les yeux et s'endormit.

13

Sans doute Vicki avait-elle eu besoin de ce sommeil ;
elle s'éveilla au début de l'après-midi avec une idée bien
arrêtée : elle allait se battre pour conserver ce que Guy et
elle avaient partagé si peu de temps. Guy devait avoir des
circonstances atténuantes : jamais l'homme qu'elle aimait
n'aurait mis en danger le bonheur de Stephen. S'il avait
enlevé son fils à Corinne, ce devait être parce que cette
dernière était indigne de le garder. Restait à découvrir
pourquoi...

Les deux enfants Hunter revinrent de l'école avec
Stephen, et tous trois jouèrent avec un entrain bruyant
jusqu'à l'heure du coucher. Il était plus de dix heures
quand tout redevint calme. A ce moment, le téléphone
sonna, et la jeune femme se hâta se décrocher : c'était
peut-être Guy... Elle entendit la voix de Carole.

— Bonsoir, Vicki. Je me demandais si vous aviez
survécu à la soirée.

— Tout juste, répondit-elle en riant. Ils dorment
enfin. Si seulement ils pouvaient s'éveiller tard !

— Je vais vous dire pourquoi j'ai appelé, reprit Carole
en riant à son tour. Demain soir, Phil doit se rendre à
Shorefield, pour une réunion de la corporation des
potiers. Il se demandait si vous accepteriez de me tenir
compagnie en son absence. Stephen pourrait coucher ici.

— Avec plaisir. A quelle heure voulez-vous que je
vienne ?

— Il partira vers trois heures. Il passera vous chercher.

— Je garderai Tony et Andrew jusque-là : cela vous laissera une matinée tranquille.

— Merci ! Je commence vraiment à être fatiguée.

— Alors, à demain après-midi.

— Merci encore. Au revoir.

Le lendemain, en songeant de nouveau à Guy, Corinne et Stephen, Vicki se sentit moins sûre d'elle. Si Guy avait eu des circonstances atténuantes, lui pardonnerait-il d'avoir conclu à la légère ? Et, s'il n'en avait pas... ? La question était sans réponse.

Elle fut heureuse de se rendre chez Carole : l'humour et la vivacité de son amie lui apporteraient une diversion. Mais les premières paroles de son amie la déconcertèrent :

— Entrez, Vicki... Seigneur, vous paraissez épuisée !

— Carole... protesta Philip.

— Mais c'est vrai ! Guy vous manque, n'est-ce pas ?

— Oui, beaucoup.

— Oh !... A tout autre moment, nous aurions pu garder Stephen, et vous auriez accompagné Guy à Toronto. Pourquoi n'avez-vous pas demandé à Mme Sampson ?

— L'idée nous en est venue, mais tout était trop précipité. Une autre fois, peut-être...

Après le départ de Phil, les deux femmes s'installèrent dans la salle de séjour pour prendre le thé. La nuit tomba étrangement vite, et, tout en aidant Carole à préparer le dîner, Vicki remarqua avec appréhension :

— Regardez ces nuages noirs. Et le vent se lève.

— J'espère que Philip aura assez de bon sens pour rester à Shorefield, si le temps se gâte. La route devient très mauvaise, quand il pleut. Mais ce ne sera peut-être rien.

Carole, le bras tendu vers un couteau, s'immobilisa soudain, une main contre son côté.

— Carole ! Que se passe-t-il ?

— Rien... souffla-t-elle en s'asseyant un peu lourdement. Une petite contraction, c'est tout.

A cet instant précis, les premières gouttes de pluie tombèrent. Vicki entreprit de peler les carottes ; elle se

146

demandait avec inquiétude ce qu'elle allait faire si Carole était prise des douleurs. Phil et Guy étaient absents, il fallait s'occuper des trois garçons, et une tempête se préparait. Elle mit les légumes à cuire, jeta un coup d'œil au rôti et glissa vers Carole un regard oblique.

Celle-ci se tenait toujours le côté, et son visage avait une expression absente. Vicki poursuivit les préparatifs du repas, inquiète d'entendre la pluie crépiter toujours plus fort et les bourrasques faire vibrer les vitres. A table, Carole mangea très peu, et Vicki dut distraire l'attention des enfants. Les trois garçons disparurent ensuite pour aller regarder la télévision, et Carole déclara à voix basse :

— Je dois me rendre à l'hôpital, Vicki. Cette fois, il ne s'agit pas d'une fausse alerte. Voulez-vous téléphoner pour moi ? Appelez d'abord le docteur Donkin. Ensuite, appelez Mme Sampson et demandez-lui si elle peut venir. Si elle accepte, il faudra aller la chercher. La camionnette est dans le garage, les clés dans mon sac. J'appellerai Phil quand j'aurai vu le docteur Donkin.

Le calme de Carole rasséréna Vicki, et elle passa rapidement les coups de fil. Le médecin conseilla d'amener immédiatement Mme Hunter. Mme Sampson était d'accord pour venir. La jeune femme passa une veste et prit les clés. Elle en aurait pour vingt minutes.

— Tout ira bien, Carole ?

— Oui… soyez très prudente.

Dehors, il pleuvait toujours à verse, et Vicki chancela sous l'assaut du vent. Elle sortit sans difficulté la camionnette et s'engagea sur la route. Mme Sampson habitait à cinq kilomètres, mais la visibilité était tellement réduite que la jeune femme devait conduire au pas. Quand elle s'arrêta devant la maison, la brave femme accourut, et Vicki se pencha pour lui ouvrir la portière.

— Quel temps affreux ! s'écria Mme Sampson. Ce n'est pas le moment rêvé pour la naissance d'un bébé, mais ils ne choisissent jamais le bon moment.

Elle avait eu six enfants et parlait par expérience. En arrivant chez Carole, elle prit la situation en main avec autorité. Quelques minutes plus tard, Carole était installée sur le siège de la camionnette, et Vicki pouvait repartir.

Mais, une fois sur la route de la Baie, la situation devint vite préoccupante. Les essuie-glaces étaient sans grand effet sur la pluie qui fouettait le pare-brise, et la jeune femme devait se concentrer de toutes ses forces pour distinguer la route. A plusieurs reprises, les pneus dérapèrent sur le gravier. Finalement, elle décida de rouler au beau milieu de la chaussée : elle courait peu de risque de rencontrer une autre voiture par ce temps. La pluie, le bruit de la camionnette et le rugissement du vent s'unissaient en un vacarme assourdissant. En haut de la colline, Vicki ralentit pour jeter un coup d'œil à Carole.

— Comment ça va ? cria-t-elle.

— Les contractions sont espacées d'une dizaine de minutes. Nous en avons encore pour combien de temps ?

— Une demi-heure, peut-être, hasarda Vicki.

— Cela ne vous fait rien, si je parle ? Ça me changera les idées.

— Allez-y. Je me demande s'il fait ce temps-là à Shorefield.

— Probablement. J'aurais dû appeler Phil de la maison. Il serait déjà en route.

— Etait-il avec vous pour la naissance des jumeaux ?

— Oui. J'avais vraiment besoin de lui en de tels moments. Vous comprendrez, quand Guy et vous aurez votre premier bébé.

Inconsciemment, Vicki fronça les sourcils, en franchissant prudemment une crevasse ouverte par la pluie. La seule pensée de porter l'enfant de Guy l'emplissait d'une émotion douce-amère. Elle en mourait d'envie... et elle redoutait en même temps de ne jamais connaître ce bonheur.

— Vous voulez en avoir tous les deux, je pense ? reprit Carole, qui ajouta, en voyant son amie grimacer douloureusement : J'ai dit une sottise ? Cela m'arrive souvent.

— Non, mais...

— Je vous demande pardon. Ça ne me regarde pas.

Carole était trop gentille pour qu'on la rabrouât.

— Nous avons eu une terrible querelle, Guy et moi, la

148

veille de son départ. Je ne sais pas ce qui va se passer à son retour.

Les mains de Vicki s'agrippèrent au volant : le vent menaçait de faire basculer la camionnette.

— Je me demandais s'il s'était passé quelque chose de ce genre, cria Carole pour dominer le tumulte.

Quelle conversation incongrue, songea la jeune femme, en un tel endroit, en un tel moment ! Mais elle vit sa voisine s'accrocher au tableau de bord, le visage déformé par la souffrance. Peu importait de quoi elles parleraient, si cela pouvait aider Carole. Celle-ci se redressa enfin.

— Pourquoi vous êtes-vous disputés ? s'enquit-elle. Phil et moi, nous avons failli divorcer pendant notre voyage de noces !

Vicki s'étonna de pouvoir rire.

— C'était à propos de Corinne, avoua-t-elle.

— Juste ciel ! Elle ne vaut pas qu'on se dispute pour elle.

— Que voulez-vous dire ? Vous ne la connaissiez pas ?

— Oh, mais si. Je ne vous ai jamais dit que nous avions fait leur connaissance, il y a des années, quand nous habitions encore Toronto. Corinne était une chipie.

— Mais elle était absolument ravissante et angélique.

— Il ne faut pas se fier aux apparences, répliqua Carole. Corinne Travis était une égoïste, méchante, avide et cynique.

— Mais, Carole…

— Pas de « mais » ! Vous ne l'avez pas connue. Nous, si.

Elle essaya de regarder par la portière.

— Nous sommes presque arrivées, je crois ?

— Oui. Il reste trois kilomètres.

— Tant mieux. C'était aussi une mère déplorable : dès sa naissance, elle a négligé ce pauvre Stephen. Elle négligeait Guy, aussi. Elle passait son temps à tourner des films, à changer d'amant…

— Elle lui a été plusieurs fois infidèle ?

— Il ne vous a jamais parlé de toute cette histoire ?

— Non. Il donnait l'impression que Corinne n'avait jamais existé.

— On ne peut guère lui en vouloir d'avoir envie de l'oublier. Elle a transformé sa vie en enfer. Stephen avait deux mois quand elle est partie avec son premier amant... le meilleur ami de Guy.

Elles étaient maintenant parvenues à la Baie, et la visibilité était meilleure.

— Je n'arrive pas à le croire, murmura Vicki. J'ai vu des photos, prises avant le procès. Elle était si incroyablement belle, avec cet air tragique.

— Je n'ai jamais mis en doute ses dons de comédienne, répliqua Carole. Toutes les femmes du pays l'ont prise pour l'infortunée épouse et mère. Savez-vous pourquoi elle voulait Stephen ?

— Je pensais que c'était par amour pour lui.

— Vous êtes bien loin de la vérité...

Une fois de plus, Carole se pencha en avant, les doigts accrochés au tableau de bord. Quand elle reprit la parole, sa voix était plus faible.

— Elle avait alors une liaison avec un réalisateur bien connu, Stanislas Protsky ; un veuf qui adorait ses enfants. Du coup, Corinne devait changer son image. Elle a emmené Stephen en l'absence de Guy et elle a lancé une telle campagne de publicité qu'il lui est resté un seul recours : se battre en justice pour avoir la garde d'un fils dont il s'occupait seul depuis sa naissance.

C'était la vérité, Vicki en eut la certitude.

— Pour tous ceux qui connaissaient Guy, continua Carole, la place de Stephen était avec lui. Mais, très habilement, Corinne est parvenue à le faire passer pour un monstre. Oh, quand j'y pense, j'en suis encore furieuse !

Vicki avait souhaité trouver des circonstances atténuantes. Elle les avait, dorénavant, sans l'ombre d'un doute.

— Oh, Carole, gémit-elle, j'ai eu la même réaction que les autres : j'ai cru la version de Corinne... Rien d'étonnant s'il s'est mis dans une telle rage !

— S'il ne vous avait rien dit, il aurait tort de vous en vouloir, fit son amie avec énergie.

— J'aurais dû lui faire confiance.

— Vous ne connaissiez pas Corinne et elle bernait les gens si facilement. Cessez donc de vous accuser. Faites des excuses à Guy, dites-lui que vous l'aimez... et tout ira bien, vous verrez.

Vicki fronça les sourcils. Elle avait fait tout cela, et rien ne s'était arrangé... Mais elle n'eut pas le temps de le dire à Carole : à travers la pluie, elle aperçut le panneau bleu et blanc qui signalait l'hôpital.

— Nous y sommes, s'écria-t-elle avec soulagement, en se dirigeant vers l'entrée des urgences. Ne bougez pas.

Elle se précipita à l'intérieur pour aller chercher un fauteuil roulant.

En quelques minutes, le personnel hospitalier s'était chargé de tout. Carole dit à Vicki :

— Ne vous croyez pas obligée de rester. Vous devez avoir hâte d'aller retrouver les enfants. J'ai eu Phil au téléphone : il part. Tout ira bien... Et merci, Vicki, poursuivit-elle gravement. Rappelez-vous mes conseils. Souvenez-vous des blessures infligées par Corinne et montrez-vous indulgente pour Guy.

Vicki se pencha pour embrasser la joue pâlie.

— Je me rappellerai. Et j'attends des nouvelles du bébé !

— Après toutes ces émotions, j'espère que ce sera une fille !

Quand elle prit la direction de la sortie, Vicki souriait. Mais, sur le seuil, le fracas du vent et de la pluie l'arrêta un instant. Elle redoutait le retour, surtout seule. Pourtant, elle avait envie de rentrer, même si Guy ne devait pas revenir avant deux jours. Il téléphonerait peut-être. Ou bien, elle l'appellerait. Oui, leur avenir était trop important pour retarder plus longtemps la réconciliation. Elle courut vers la camionnette.

Elle roula sans trop de difficultés jusqu'à l'autre côté de la Baie. Là, le temps et l'état de la route empirèrent considérablement, et elle dut ralentir, les mains crispées sur le volant, le regard fouillant l'obscurité. Le vent déportait le véhicule, et, un moment, les roues faillirent s'embourber. Pétrifiée à l'idée de l'abîme qui s'ouvrait à sa droite, là où les falaises plongeaient vers la mer, elle poursuivait sa route. Ses bras, ses poignets, ses yeux étaient douloureux. Mais elle se rapprochait du but : plus que six ou sept kilomètres...

Elle ne vit pas tout de suite l'arbre abattu en travers de la route. Vicki poussa un cri étouffé, et son pied écrasa la pédale de frein. La camionnette dérapa violemment, et elle crut un instant qu'elle allait passer par-dessus la falaise. Mais l'arrière du véhicule vint heurter l'arbre et tomba dans le fossé. La tête de Vicki heurta la portière. Elle eut encore la présence d'esprit de tourner la clé de contact avant de s'effondrer, étourdie, tremblante, sur le siège.

S'était-il écoulé cinq minutes ou une demi-heure, quand elle se redressa péniblement ? Elle était glacée. La pluie tambourinait sur le toit. Par les fissures du pare-brise, les gouttes tombaient avec régularité. Elle sentit une odeur d'essence et réagit aussitôt. Elle devait à tout prix sortir. Non sans peine, elle remonta la fermeture de son anorak, rabattit le capuchon sur son front et poussa son sac sous le siège. La portière de son côté était bloquée. Malgré la douleur qui paralysait son épaule, elle parvint à ouvrir l'autre et se retrouva sur le sol. Une autre idée lui vint : elle tendit le bras vers le tableau de bord et alluma les feux de détresse. Elle ne pouvait rien faire de plus pour mettre en garde d'autres automobilistes.

Anxieuse, elle regarda autour d'elle, dans la lumière intermittente. L'arbre était un énorme sapin, bien trop lourd pour être déplacé par une seule personne. Elle franchit l'obstacle, non sans difficulté. Tout son corps était douloureux. Elle avait eu de la chance, pourtant. Elle aurait pu basculer dans l'abîme. Les mains dans les poches, elle se mit en marche. Sur la pente, elle glissait sans cesse et fut vite trempée jusqu'aux os. L'eau s'infiltrait dans ses bottes de caoutchouc. Elle essaya d'avancer plus vite. Par deux fois, elle tomba ; la seconde fois, son visage heurta la chaussée. Prise de vertige, le souffle coupé, elle se remit debout. Elle était si fatiguée... Elle souhaitait seulement trouver un endroit sec, pour y dormir jusqu'au matin. Presque inconsciemment, elle gravit le talus à quatre pattes et se blottit sous les larges branches d'un sapin. La réalité devint un cauchemar confus, où la voix du vent se mêlait à celle de la mer...

Une autre voix criait son nom. Elle lutta pour retrouver ses esprits. Où était-elle ? Que faisait-elle là ? Et Carole... que lui était-il arrivé ? Affolée, elle fit un effort pour se relever et entendit de nouveau crier son nom. Elle devait se lever. Guy la cherchait.

Mais non, se dit-elle, terrifiée. Ce n'était pas Guy... il était à Toronto. Alors, qui l'appelait, qui l'attirait hors de son abri... qui l'attendait ? Le cœur battant, elle se risqua hors de sa cachette et son pied provoqua une petite avalanche de cailloux. Un faisceau lumineux fut braqué sur elle et l'aveugla.

— Vicki ! cria la même voix, rauque d'émotion. Mon amour... tu n'es pas blessée ?

Avec la rapidité de l'éclair, Guy escalada le talus. Soudain, ses bras l'enlacèrent.

— J'ai bien cru ne jamais te retrouver, lui chuchota-t-il à l'oreille. Que faisais-tu dans la camionnette de Philip ? Est-ce à cause de Carole ?

— J'ai dû l'emmener à l'hôpital : Philip n'était pas là... Je n'ai pas vu l'arbre assez tôt.

Si tu n'avais pas allumé les feux de détresse, j'aurais sans doute suivi ton exemple.

Dans la ferme étreinte de ses bras, elle se retrouvait en sécurité. Absurdement, elle murmura :

— Mais tu devais seulement rentrer lundi.

— Je suis revenu plus tôt. Rentrons, avant de nous lancer dans des explications. Tu es trempée, mon amour.

— Tout va bien, maintenant que tu es là.

Il l'embrassa, avant de la guider jusqu'à la route. Soutenue par son mari, Vicki put reprendre une allure raisonnable, et la chaleur revint dans ses membres glacés. En peu de temps, ils se retrouvèrent chez eux. Guy ouvrit la porte, poussa sa femme devant lui. Il faisait bon, elle était sauvée. Elle se laissa tomber sur le siège le plus proche. Guy fit de la lumière.

— Qu'est-il arrivé à ton visage ? s'exclama-t-il.

Elle effleura sa joue boueuse, réprima un frisson.

— J'ai fait une chute...

Il se débarrassa de ses bottes, de son imperméable noir.

— Le temps de changer de pantalon, et je reviens, dit-il.

A son retour, il lui ôta son anorak, ses bottes, l'enleva dans ses bras et la porta dans leur chambre. Tout en la déshabillant, il questionna :

— Où est Stephen ? Dois-je téléphoner à quelqu'un ?

— A l'hôpital, pour savoir comment va Carole. Et à Mme Sampson : elle est chez les Hunter, avec les enfants.

— Bien. Je m'en occupe. Prends une douche.

Dans la salle de bains, elle fut bientôt revigorée par le jet d'eau chaude. Guy allait s'occuper de tout. Mais l'essentiel était qu'il fût revenu.

Elle le retrouva dans la chambre. Il souriait.

— Phil est arrivé à l'hôpital juste à temps pour accueillir sa fille, et Carole va très bien. J'ai transmis la bonne nouvelle à Mme Sampson. Elle restera chez eux jusqu'à ce que nous puissions passer avec la voiture.

— C'est merveilleux ! s'écria Vicki. Carole doit être ravie. Ils désiraient tellement une fille !

Elle s'agenouilla et tendit les mains vers le feu, soudain très consciente de leur solitude à deux. Il entreprit de lui sécher les cheveux ; puis il s'assit près d'elle et elle sentit son cœur battre plus vite.

— Il nous reste à parler de nous, souffla-t-il.

Ses yeux s'assombrirent devant la beauté du visage ovale, avec son sourire grave et sa peau satinée. Il se pencha, et sa bouche effleura ses lèvres. Soudain, tout le corps de Vicki s'anima. La serviette de bain dont elle s'était enveloppée glissa. Guy gémit son nom. Plus rien n'avait d'importance...

Il l'aima dans un silence chargé de passion. Finalement, il se souleva sur un coude.

— Vicki, dit-il gravement, à propos de l'autre soir...

Ce moment devait venir, elle l'avait su. Elle prit son visage entre ses mains, plongea le regard dans le gris troublé de ses yeux.

— Veux-tu me pardonner, Guy ? l'implora-t-elle.

Il voulut parler ; elle l'arrêta d'un signe de tête.

— J'aurais dû te savoir incapable de toutes les horreurs dont on t'accusait. Je regrette de m'être laissé entraîner à les croire. L'effet du choc, sans doute...

— C'est ma faute. J'aurais mieux fait de tout te confier avant notre mariage. Mais je répugnais à ressasser ces pénibles souvenirs.

— Je te comprends. Pourquoi crois-tu que je ne t'aie jamais avoué la vérité, à propos de Barry et de moi, avant d'y être absolument obligée ? Il n'y a plus de secrets entre nous. Carole m'a tout dit. Tu as dû passer des moments affreux.

— Je me sentais bien seul, contre le monde entier, fit-il d'un ton qui se voulait léger. Mais je regrette encore autre chose : au lieu de partir aussi vite pour Toronto, j'aurais dû rester ici, pour tout te raconter. Là-bas, j'ai beaucoup réfléchi. Je suis rentré plus tôt, pour te demander pardon.

— Nous avons commis des erreurs, l'un et l'autre.

— Peut-être les erreurs aident-elles à renforcer l'amour d'un couple. Si on en parle, on guérit les blessures, et on se retrouve plus proches l'un de l'autre.

Elle posa la tête sur l'épaule nue, et les bras de Guy l'entourèrent tendrement.

— Nous nous sommes rapprochés, chuchota-t-elle.

Il se redressa, les doigts caressant sa chevelure.

— L'autre soir, tu m'as dit que tu m'aimais... Parlais-tu sérieusement, Vicki ?

Pour rien au monde elle ne lui aurait menti. Elle releva fièrement le menton.

— Oui, je t'aime. Mais, après Corinne, je comprends que tu puisses avoir du mal à en aimer une autre.

Il lui souriait. Les lèvres de Vicki tremblèrent, ses yeux brillèrent.

— Quand je repense au passé, je ne suis plus sûr de l'avoir jamais aimée. Mes sentiments à son égard n'ont rien de commun avec ceux que j'éprouve pour toi. C'est toi que j'aime, Vicki, et je t'aimerai jusqu'au jour de ma mort.

— Oh, Guy...

Les larmes qui perlaient à ses paupières étaient des larmes de bonheur.

— Je croyais que le souvenir de Corinne t'obsédait. Je ne comprenais pas pourquoi tu voulais m'épouser.

— J'en ai eu envie dès le moment où je t'ai vue, la hachette à la main. Belle et courageuse, comme une lionne qui défend son petit... mais le petit était le mien. Je ne peux pas m'expliquer, Vicki. Simplement, tu étais faite pour moi. Nous devions nous marier... Mais nous avons failli tout gâcher.

— Cela n'arrivera plus, déclara-t-elle, avec assurance.

— Non, plus jamais.

Les mains de Guy emprisonnèrent sa taille.

— Es-tu heureuse ?

Tout le corps de Vicki vibrait à ce contact.

— Plus heureuse que je n'avais jamais cru pouvoir l'être.

— Tu m'aimes ?

— Tellement... fit-elle d'une voix tremblante.

— J'ai longtemps été persuadé que tu m'avais épousé par amour pour Stephen.

— J'aime aussi Stephen. Mais je ne t'ai pas épousé à cause de lui. Tu me crois, n'est-ce pas ?

— Oui, je te crois. Te rappelles-tu... un jour, je t'ai dit que tu ne connaîtrais pas le printemps ?

— Oui, je m'en souviens.

— Je me trompais, Vicki, souffla-t-il en l'embrassant. Pour nous deux, l'été commence à peine.

LE TAUREAU

(20 avril-20 mai)

Signe de Terre dominé par Vénus : Beauté.

Pierre : Agathe.
Métal : Laiton.
Mot clé : Sensation.
Caractéristique : Économe.

Qualités : Très agréable en société, amie précieuse, aime la compagnie. Douceur, tendresse. La dame du Taureau est aussi exclusive.

Il lui dira : « Mais vous êtes jalouse ! »

LE TAUREAU

(20 avril-20 mai)

D'autres, à la place de Vicki, seraient devenues méchantes, aigries, auraient cherché à se venger. Au lieu de cela, cette jeune fille s'isole, se coupe du monde. C'est le comportement typique des natives du Taureau ; gentillesse, douceur et dévouement dominent leur thème.

Lorsque aucun chagrin ne vient jeter une ombre sur leur bonheur, elles aiment chanter, danser, se parfumer à la cannelle, se parer de mille atours tous plus vaporeux et féminins les uns que les autres.

Bientôt... la Fête des Mères!

Pensez-y...la Fête des Mères, c'est la fête de toutes les femmes, celle de vos amies, la vôtre aussi!

Avez-vous songé qu'un roman **Harlequin** est le cadeau idéal – faites plaisir...Offrez du rêve, de l'aventure, de l'amour, offrez **Harlequin**!

Hâtez-vous!

Dès aujourd'hui, vous trouverez chez votre dépositaire nos nouvelles parutions du mois dans **Collection Harlequin, Harlequin Romantique, Collection Colombine** et **Harlequin Séduction**.

FMD